SCRITTORI ITALIANI

Sergio Assisi

Quando l'amore non basta

CAIRO

www.cairoeditore.it

ISBN 978-88-6052-475-1

CORSO MAGENTA 55, MILANO

I EDIZIONE: SETTEMBRE 2013

QUANDO L'AMORE NON BASTA

A MariaPia e Roberto
Il loro incontro, la mia esistenza

1

Quando sono costretto a scappare

Avete mai provato a forzare un posto di blocco dei carabinieri e poi tentare la fuga a bordo di una Mercedes SSK del 1928? No? Bene, non fatelo!

Qualcuno obietterà che essendo la stessa macchina usata da Lupin III, la SSK dovrebbe avvantaggiare la fuga, considerata l'estrema facilità con cui veniva seminato l'ispettore Zenigata. Oggi, a differenza del cartone animato, i caramba viaggiano a bordo di potentissime Alfa Romeo 159 con motore twin spark quattro cilindri in linea sovralimentato a turbina e raggiungono i duecentotrenta km/h nel tempo di tre respiri. Senza considerare il vantaggio di attraversare gli incroci a sirene spiegate, quando io a ogni semaforo rosso devo chiudere gli occhi e invocare la misericordia di Dio. Per non parlare poi delle curve... Mentre la radiomobile dei carabinieri rimane incollata alla strada, la Mercedes SSK, per quanto pesi come uno schiacciasassi, si solleva su due ruote manco fosse un catamarano e devo giocoforza mollare la presa dall'acceleratore se non voglio ribaltarmi. Per fortuna sono le 12.30 di sabato 6 giugno, in città ci sono 39 gradi e quasi tutti hanno approfittato del weekend per andare da qualche parte al fresco. Io, al fresco, invece rischio di andarci per aver forzato un posto di blocco.

L'unico confort della SSK è il tettuccio apribile – sempre a patto di non cappottare, in qual caso finirei a scartavetrare l'asfalto con la testa – per cui il caldo è in fondo alla lista dei miei problemi. L'ultima curva che faccio su due ruote è quella che da via Morosini taglia su corso Vittorio Emanuele II. Ovviamente becco il semaforo rosso. Anche qui la benevolenza di Dio si manifesta in tutta la sua grazia, perché corso Vittorio Emanuele II è di sicuro la strada più trafficata di autobus e tram di tutta Torino, visto che porta dritto alla stazione ferroviaria di Porta Nuova. Solo quando la Mercedes atterra su tutte e quattro le ruote mi accorgo di aver sverniciato il 68 come carta abrasiva, mentre i caramba sono costretti a lasciare sull'asfalto l'intero treno di gomme per evitare di centrare in pieno la fiancata dell'autobus. Prima di riprendere l'inseguimento i carabinieri devono aspettare che il 68 si sposti dall'incrocio. Per fortuna la manovra è piuttosto complessa, dato che si tratta di un autobus snodabile da 18 metri. Grazie a questo imprevisto mi sono avvantaggiato di quasi mezzo chilometro. Nemmeno il tempo di tirare un sospiro di sollievo, che dallo specchietto vedo spuntare anche la sagoma della minicar rossa guidata come una furia da Gigi, ossia il motivo per cui stavo fuggendo ancor prima di essere intercettato dalla gazzella dei carabinieri. È incredibile come quella detestabile scatoletta di latta riesca ancora a partecipare all'inseguimento, nonostante sia omologata per non superare i cinquanta km/h.

È ormai chiaro che il minorenne a cui Gigi l'ha strappata di mano deve averla portata dai meccanici della Red Bull.

Il problema, serio, è che corso Vittorio Emanuele II è un viale lunghissimo e, prima che mi raggiungano, ho al massimo un altro chilometro di fuga. Non un metro di più. Poi i militari mi avrebbero superato e tagliato la strada. Certo, posso sempre sperare che la loro auto si spiacchichi da qualche parte come stava accadendo prima con l'autobus, ma nella situazione attuale mi pare più plausibile che possa capitare a me di spalmarmi da qualche parte, visto che sto per attraversare – ovviamente a occhi chiusi e braccia tese sul volante – l'incrocio di corso Re Umberto con il semaforo, manco a dirlo, rosso pieno. L'auto sembra volare sull'asfalto. Alla mia destra sento il rumore aspro di una violenta frenata, il mio cervello attende lo schianto, i vetri in frantumi. Quando riapro gli occhi vedo dallo specchietto che per evitarmi due macchine si sono prese in pieno in mezzo all'incrocio, ostruendo il passaggio ai caramba. Bene. Un altro centinaio di metri guadagnati. Ma adesso devo farmi venire subito un'idea, se voglio vedere il sole anche domani. Penso a tutte le scene da film dove l'inseguito riesce a seminare l'inseguitore, ma mi viene in mente solo *Harry ti presento Sally* quando lei finge l'orgasmo al ristorante. Non puoi mai contare sull'archivista capo del tuo cervello nei momenti di tensione. Scappa sempre al cesso lasciando tutto in disordine.

Se non fosse per Gigi mi sarei consegnato più che volentieri ai carabinieri. Ma sono ragionevolmente convinto che il tempo di bloccare la macchina, farmi scendere, chiedermi i documenti e puntarmi il mitra in faccia, e Gigi sarebbe apparso sulla scena come l'angelo della morte con la sua falce. A quel punto avrebbero dovuto abbatterlo a pallettoni per evitare un bagno di sangue. Cioè, del mio sangue... Non è affatto una bella situazione. Scartata quindi l'idea di arrendermi volontariamente, non mi rimane che proseguire la fuga. Devo solo trovare un posto abbastanza affollato – tipo un mercatino rionale – dove poter mollare la macchina e scappare a piedi sperando di confondermi tra la gente. Peccato che la città sia deserta. L'unica zona movimentata sembra quella attorno alla stazione... La stazione, cazzo! Stanno partendo tutti per il weekend; là di sicuro ci sarà un bel po' di gente.

Mi mancano tre-quattrocento metri al piazzale della stazione. Getto una rapida occhiata allo specchietto, calcolo di averne altrettanti di vantaggio rispetto alla gazzella. Uscito dal bagno, il mio archivista capo, cerca di alleggerire la tensione e dal mio lobo frontale mi suggerisce l'ironica immagine di un racconto zen che avevo letto anni fa. *(Ogni mattina una gazzella si sveglia nella savana e sa che deve correre più veloce del leone, altrimenti morirà. Ogni mattina un leone si sveglia nella savana e sa che deve correre più veloce della gazzella, altrimenti morirà di fame. Non importa che tu sia gazzella o leone. Corri.)*

Posso farcela! Dai che posso ancora farcela! Premo il piede sull'acceleratore, ma mi accorgo di essere già al massimo. Questa mia dannata mania per il vintage. Non va oltre i centodieci, mentre alle mie spalle sento il suono degli zoccoli della gazzella di nuovo in gran rimonta. Duecento metri ancora. A questa velocità il tourbillon di vento che si crea nell'abitacolo aperto mi sposta ciocche di capelli da tutte le parti e mi stordisce i timpani. Ma il pensiero lampo che alla mia età ho ancora i capelli, mi regala un attimo di speranza. Ormai sono così vicino alla meta che non ha più senso controllare il distacco dallo specchietto. Mi fido comunque dell'udito e da quel che sento mi pare di avere ancora abbastanza margine per farcela, anche perché mancano soltanto cento metri alla stazione. Anche se il semaforo con via Paolo Sacchi è ovviamente rosso, non ho alcuna intenzione di rallentare. Per fortuna si tratta dell'ultimo ostacolo. Il problema non è tanto passare col rosso, quanto le due macchine ferme ad aspettare che scatti il verde. Con una brusca sterzata a destra passo sulla preferenziale, attirando così l'attenzione di un vigile che si stava godendo l'ombra di un platano a pochi metri dall'incrocio. Faccio giusto in tempo a vedere che si porta il fischietto in bocca come un arbitro che ha appena visto una gomitata in area, quando per miracolo scatta il verde. Questa volta non ho nemmeno bisogno di chiudere gli occhi e, sulle note stridule del fischietto del vigile e della sirena dei carabinieri, attraverso l'incrocio.

Superato l'imbocco della metropolitana, stacco finalmente il piede dall'acceleratore e l'affondo sul freno. La SSK s'intraversa più volte a destra e sinistra, prima di fermarsi del tutto. Senza sapere nemmeno come, mi ritrovo con due ruote sopra il marciapiede proprio sotto la mezza cupola a vetrate in stile liberty dell'ingresso della stazione di Porta Nuova. Una decina di persone sono rimaste ferme immobili alla fermata dell'autobus, paralizzate dal terrore di finire sotto la macchina – e non posso giurare che qualcuna non ci sia finita davvero. La sirena intanto incombe sempre più. Istintivamente lancio uno sguardo alle mie spalle e rimango allibito nel vedere come la minicar rossa abbia preso la scia della gazzella dei carabinieri e la stia addirittura affiancando in un disperato tentativo di sorpasso. È chiaro che Gigi vuole prendermi per primo. Senza perdere tempo ad aprire lo sportello, faccio leva sulle braccia e salto direttamente fuori dall'auto. Poi, con uno scatto alla Bolt, schizzo dentro la stazione. Sorrido al pensiero che il corridore ha il nome di un detersivo e, proprio come il sapone, scivolo via.

L'androne è affollato da centinaia di persone, tutte in fuga dal caldo umido e appiccicoso torinese. Solo che io ho molta più fretta e attraverso la folla correndo a una velocità inaudita, saltando trolley e dribblando famiglie, suore e barboni. Adesso che per mettermi in salvo posso contare solo sulle mie gambe, piuttosto che sul motore della Mercedes SSK, sento di avere molte più possibilità di farcela. Vado così veloce che non posso nemmeno pensare di rivolgere uno sguardo alle mie spalle, perché andrei sicuramente a sbattere contro qualcuno. Ma non potendomi voltare non posso nemmeno calcolare il distacco dalla Benemerita e, soprattutto, da Gigi. Quindi corro alla cieca verso la banchina dei treni, poiché è l'unica via di fuga possibile. La voce metallica dell'altoparlante sopra la mia testa annuncia l'ultima chiamata di un Frecciarossa diretto in qualche dove che non capisco in partenza dal binario nove. Che è proprio dritto davanti a me. Con un ultimo bruciante strappo al polpaccio raggiungo il vagone e mi aggrappo allo sportello sotto gli occhi abulici del capotreno.

Salgo i tre gradini metallici e prima di infilare la testa nel treno lancio un ultimo sguardo alle mie spalle. Non vedo arrivare nessuno. Entro. La porta si chiude con un sibilo. E con un sibilo identico tiro un sospiro di sollievo. Ma ancora un'altra scena da film mi viene in mente. Un brivido di angoscia mi fa attendere il colpo di scena! Non accade nulla. Sono salvo. Salvo! Appoggio prima la schiena e poi la nuca sul finestrino e comincio a riprendere fiato.

Solo allora mi accorgo che la ferita sul petto ha iniziato a sanguinare in maniera preoccupante, ma ho talmente tanta adrenalina nelle vene che non sento dolore. Penso sia comunque una buona idea abbottonare la giacca per nascondere la chiazza rossa che come il buco nell'ozono si sta espandendo sulla camicia di seta bianca. L'ultimo sussulto è per il fischio del ferroviere che arriva proprio accanto al finestrino; ma il mio è più un riflesso condizionato dettato dalla tensione. Un istante dopo il treno inizia lentamente a muoversi. È fatta!

Invece, proprio quando il treno sta cominciando a prendere velocità, una botta improvvisa al vetro mi fa sobbalzare. Mi volto di scatto e mi ritrovo faccia a faccia con Gigi, che cammina a passo spedito per tenere testa all'andatura del treno. Dal labiale e dalla bava che gli cola da un lato della bocca, capisco cosa mi sta urlando. «Figlio di puttana!» mi grida. «A giugno ti do un arazzo», ma subito do un senso agli schizzi di saliva sul finestrino, «Giuro che t'ammazzo». Adesso Gigi ha iniziato a correre perché il treno ha accelerato. Ci guardiamo negli occhi senza che nessuno dei due abbassi lo sguardo. So perfettamente che non ha nessuna intenzione di arrendersi. Lo conosco troppo bene. Infatti lui aumenta ulteriormente la falcata, si allarga sulla banchina come a voler prendere la rincorsa, e carica il finestrino usando i palmi delle mani aperte. Ancora una volta il finestrino lo respinge all'indietro come un vetro antiproiettile, facendolo rotolare sulla banchina. Quando arrivano i carabinieri i vagoni hanno già preso velocità. I due militari devono saltargli addosso per bloccarlo e riuscire a mettergli le manette. Poi il treno fa una curva a destra e quello che accade sul binario numero nove scompare dal mio orizzonte visivo.

2
Quando la vita dipende da un cesso libero

Mi vengono in mente almeno dieci validi motivi per poter sostenere senza paura di smentita di essere nella merda. Primo: è molto probabile che mi sia appena messo in seri guai con la giustizia. Secondo: ho un problema ancora più grosso con Gigi, vale a dire un individuo socialmente pericoloso di un metro e novanta per centotrenta kg, che si è messo in testa – forse a ragione – di ammazzarmi. Terzo: in tasca ho soltanto quattro monete da un euro, ossia il resto del caffè che ho preso stamattina quando sono andato a fare due passi per stemperare la tensione. Quarto: non ho il portafoglio e di conseguenza nemmeno una carta di credito. Quinto: per la stessa ragione non ho con me nessun documento di riconoscimento. Sesto: non ho idea di che fine abbia fatto il mio iPhone. Settimo: sono a bordo di un treno senza la più pallida idea di dove sia diretto. Ottavo: per i motivi che ho già raccontato non ho nemmeno il biglietto. Nono: ho un'emorragia in corso piuttosto seria che se non tampono in qualche modo rischia di farmi morire dissanguato. Decimo: attorno a me una massa di passeggeri che mi fissano come se fossero giudici convinti che io c'entri qualcosa con il tipo fuori di testa che voleva salire sul treno sfondando il finestrino.

«Certo che il caldo fa brutti scherzi...» commenta un'arzilla settantenne che non stacca gli occhi dal finestrino, come se Gigi potesse comparire di nuovo da un momento all'altro.

«Scusate» dico allontanandomi il più in fretta possibile, prima che arrivi il controllore.

Così entro nella carrozza successiva, dove non c'è nemmeno una poltroncina libera. È da un pezzo che non prendo un treno e non pensavo ci fossero ancora così tante persone che utilizzano le ferrovie per viaggiare. In un paese che cade a pezzi, abbiamo le ferrovie più veloci d'Europa. È anche vero che la maggior parte sono turisti giapponesi o cinesi. O almeno così mi sembrano, poiché la vista si sta cominciando ad appannare, non so se per il troppo sangue che sto perdendo oppure per il troppo poco sonno alle spalle, visto che questa notte avrò chiuso occhio sì e no un paio d'ore in previsione di quello che sarebbe accaduto oggi. Avverto un tremore alle gambe, sarà l'acido lattico o forse è solo la vibrazione che sale dalle rotaie perché il Frecciarossa adesso viaggia sparato come un proiettile – altro che Mercedes SSK – facendomi dondolare come se fossi su una tavola da surf. Per non cascare in braccio alla gente devo reggermi ai poggiatesta delle poltrone a destra e a sinistra. Finisco col mio indice destro nell'orecchio di un distinto signore asiatico, che nella sua lingua sicuramente bestemmia. Oltretutto non devo avere nemmeno una bella cera, a giudicare da come mi guarda una donna che si avvicina in direzione contraria.

La luce verde sopra la porta scorrevole in fondo allo scompartimento indica che il bagno è libero – strano, vista la concentrazione di semafori rossi che mi sono beccato durante la fuga. Mi viene in mente un passo di un saggio di psicologia. In realtà, la percentuale di rossi e verdi che incontriamo ai semafori è perfettamente uguale. Solo che facciamo attenzione unicamente ai rossi. Ossia a quello che reputiamo negativo.

Allora mi concentro sulla positività del segnale verde e accelero il passo prima che venga occupato. Seppur barcollando raggiungo la porta del bagno. La porta si apre. Prima di entrare lancio un'ultima occhiata alle mie spalle per essere certo di non essere seguito. Bene. Quindi mi chiudo dentro come un animale ferito.

È poco più grande di un loculo cimiteriale. C'è spazio solo per sedersi sul mezzo water. Non si può certo fare un ballo di coppia, qui dentro. Cerco ristoro nella mia memoria con scene erotiche consumate nella toilette di un treno, ma l'odore quasi analgesico del detersivo industriale usato dalla ditta delle pulizie, con quello acido e più tenace del piscio, mi spegne ogni fantasia. Considerato che al momento non posso permettermi un posto in prima classe, non mi rimane che abbassare il coperchio del water, pulirlo per bene con la carta e sedermi sopra lasciando andare il resto del corpo contro la parete alle mie spalle.

Seduto in una posizione innaturale e assurda, dentro il cesso di un treno lanciato a duecento chilometri orari verso chissà quale destinazione, mi sbottono la camicia e sollevo la garza. Per pentirmi subito dopo di averlo fatto... Dallo squarcio lungo dieci centimetri che mi divide il pettorale sinistro in due parti uguali, sgorga un copioso fiotto di sangue che tampono riempiendo la ferita con della carta igienica – che forse molto igienica non è, dato che sta proprio accanto al pisciatoio.

Quando mamma mi portava al mare, rimasi turbato dalla scena di un bambino che pisciava sulla schiena di un altro bambino. Dinanzi al mio volto disgustato, mamma spiegò che l'ammoniaca curava dalle punture delle meduse.

Morirò per setticemia. Sempre meglio che per mano di

Gigi. Poco importa. Perché adesso ho soltanto sonno. Sono talmente stanco che trovo il bagno persino confortevole. Nonostante la tensione, il dolore, la rabbia, la paura e l'adrenalina, tutte queste cose messe insieme, gli occhi si chiudono e le palpebre come coltri mi accompagnano dolcemente nel buio.

E mentre l'ipnotico dondolio del Frecciarossa mi culla nel sonno, mi chiedo come sia potuto succedere tutto questo.

3
Quando tutto ebbe inizio

Il primo amore non si scorda mai, dicono. Per quel che mi riguarda non posso dimostrare il contrario perché il primo amore lo stavo per sposare, se solo si fosse presentato all'altare. Di sicuro non ho scordato il primo giorno che vidi Giorgia, in agosto, in riva al mare.

Accadde a Gaeta, dove i miei genitori andavano ogni anno a trascorrere le vacanze nella casa dei nonni materni. Era il 1989, avevo diciassette anni e due mesi, e quell'estate ero fermamente intenzionato a perdere la verginità. A differenza di quanto accade alle ragazze – che a prescindere dall'aspetto fisico possono decidere liberamente quando concedersi per la prima volta, tanto un maschio disponibile per l'accoppiamento lo trovano comunque – per un ragazzo la faccenda è un po' più complessa. Certo, c'è sempre la possibilità di andare a mignotte, ma anche in questo caso non è poi così semplice come sembra se non hai un centesimo e non puoi guidare una macchina. Per questo avevo preso in seria considerazione l'ipotesi Pina Sansone, soprannominata da noi ragazzi Pina Matrioska per via della bassa statura e del corpo a pera. A me, che ho sempre preferito associare i volti delle persone agli animali, Pina ricordava tantissimo il Minotauro, forse a causa degli occhi vacui e inespressivi da bue, e della fitta peluria scura che le ricopriva braccia, gambe e schiena e che la faceva somigliare appunto al famigerato animale mitologico.

Pina era innamorata di me dai tempi delle elementari, nonostante le rivolgessi a stento la parola e la trattassi come un'appestata. Insomma, anche se la cosa non mi entusiasmava, con un atto degno di un vero uomo sarei riuscito finalmente a liberarmi della verginità.

Invece la mattina del primo agosto, quando ero oramai pronto anche psicologicamente ad affrontare l'Operazione Minotauro, Rossella Mariani s'era presentata in spiaggia con sua cugina Giorgia, arrivata la sera prima da Torino. Avete presente l'apparizione della Madonna? No? Perché la Beata Vergine non vi è mai venuta a trovare? Be', allora provate a immaginare uno stato improvviso d'estasi e di beatitudine profonda, accompagnato da una vibrazione che partendo dalle zone più profonde delle viscere attraversa con un tremolio tutto il vostro corpo. Immaginate di percepire la dimensione corporea stessa perdere consistenza e dissolversi nell'aria in leggere volute di fumo. Aggiungeteci uno stordimento simile a quando ci si alza di scatto con la pressione bassa e si sente il pavimento ondeggiare sotto i piedi. Insomma, immaginate un insieme di tutte queste cose.

Solo che io non avevo visto la Madonna, ma la ragazza più bella del Creato, con i capelli ricci color miele, gli occhi più azzurri della maglia del Napoli, due labbra morbide come nuvole di settembre e un sorriso da sciogliere i ghiacciai. Il problema, insormontabile più dell'Himalaya, era che Giorgia aveva diciassette anni, per cui si collocava in quella fascia d'età off-limits per i maschietti più piccoli della compagnia – anche se di pochi mesi come me.

Fino a quel giorno la mia unica ragione di vita era stata il calcio e non mi era mai capitato di stare male per amore – se escludiamo delle innocue cottarelle per delle compagne di scuola, o per le donnine del *Postalmarket* sezione intimo. Tuttavia, nonostante l'inesperienza in materia, l'istinto mi diceva che dovevo stare molto alla larga da quei riccioli tentatori. Ma si sa a quell'età l'istinto ha la stessa consistenza di una cacca di cane. Che anche se porta fortuna, prende sempre la forma della scarpa che la calpesta. E la marca di quella scarpa si chiama «testosterone».

Tutto inutile. La sera stessa ero già ridotto a uno straccio, anche perché Giorgia, per l'iniqua legge del contrappasso, per tutto il giorno al mare non mi aveva degnato del benché minimo sguardo, nemmeno per sbaglio, nonostante avessi rischiato la vita per tentare un carpiato con doppio avvitamento dalla Rocca della Morte – uno strapiombo di quindici metri sconsigliato a chi soffre di cuore e caldeggiato agli aspiranti suicidi.

Dopo una settimana ero cotto di lei come una zucchina al forno e avevo perso già tre chili poiché ero diventato del tutto inappetente. Agli occhi di Giorgia – com'era normale che fosse – godevo della stessa considerazione di un ectoplasma. Lei guardava soltanto i ragazzi che potevano portarla fuori in macchina, mentre io a Gaeta mi spostavo con un Mini Califfo* smarmittato ricevuto in eredità da mio zio Salvatore. A complicare una situazione già di per sé disperata, ci si mise pure Silvano Bronzetti, arrivato in paese il 5 agosto giusto per rovinarmi la vita. Con Silvano non c'era partita per nessun ragazzo del posto, ma non perché fosse particolarmente bello, anzi. Solo che Silvano era figlio nientedimeno che del ministro Bronzetti, abitava nella villa più bella di tutta Gaeta con tanto di piscina, aveva ventisette anni, andava

* Per capire il genere di umiliazione di cui parlo basta fare un rapido giro su Google e vedere qualche immagine.

in giro con una Golf nera con cerchi in lega e invece di scendere in spiaggia come noi comuni mortali, prendeva il largo con il suo – e dico *suo* – fuoribordo da dodici metri. Di contro io potevo sfoggiare dieci centimetri in più d'altezza, un viso molto più intrigante e un sorriso da scugnizzo che Silvano si poteva solo sognare. Ma, anche da minorenni, tra una Golf con cerchi in lega e un Mini Califfo le ragazze sanno bene da quale parte schierarsi. È parte del loro corredo genetico, non c'è niente da fare.

L'arrivo di Silvano aveva scatenato su Gaeta una vera e propria tempesta di estrogeni: le ragazze, eccitate come galline in un pollaio, non parlavano d'altro e vivevano nell'illusione che Silvano scegliesse una di loro. Persino il Minotauro s'era ritoccata le sopracciglia nella speranza di far colpo su Silvano. E devo dire che in quell'occasione migliorò notevolmente, tanto da arrivare ad assomigliare a Lou Ferrigno. Quello che interpretava Hulk nel famoso telefilm che andava proprio in quegli anni. La sfortuna, poi, ci aveva messo anche il suo maledetto zampino. Infatti Rossella Mariani era un'amica d'infanzia di Carla Bronzetti, sorella minore di Silvano, per cui dal giorno seguente al suo arrivo Rossella e Giorgia avevano smesso di venire in spiaggia con la nostra comitiva, per andare a casa del ministro Bronzetti a fare il bagno in piscina. Come se non bastasse, avevo saputo che qualche giorno dopo Silvano aveva portato Rossella, Giorgia e Carla a fare il bagno a Ventotene ed erano stati fuori fino a sera. Tuttavia, nonostante la gita in barca, tra Silvano e Giorgia non c'era ancora stato niente, o almeno così si mormorava nel gruppo delle ragazze – tra le quali ero riuscito a infiltrare Lucia, la mia cugina dodicenne. Con un'abilità degna di un agente segreto, Lucia aveva inoltre ascoltato una feroce discussione tra le due cugine che si contendevano Silvano.

In attesa quindi che Silvano decidesse chi scegliere tra Rossella e Giorgia – che ormai non si rivolgevano più la parola – arrivò anche la notte di San Lorenzo. Per l'evento avevamo organizzato un falò in spiaggia, al quale partecipò persino il figlio del ministro. Verso mezzanotte eravamo tutti distesi sulla sabbia a scrutare il cielo in cerca di stelle cadenti. Per mettermi più comodo avevo appoggiato la nuca su uno scoglio non troppo appuntito che affiorava dalla sabbia. Nel giro di mezzora avevo già avvistato tre scie luminose ed espresso altrettanti desideri – nell'ordine: baciare Giorgia, esordire nel Napoli in prima squadra, superare l'esame di riparazione di matematica. Mentre cercavo disperatamente di vedere anche la quarta stella cadente per affidarle la faccenda della verginità, mi accorsi che qualcuno s'era seduto accanto a me. In un primo momento pensai che fosse il Minotauro, non nuova a questo genere d'iniziative, ma capii subito dal profumo della pelle che si trattava di Giorgia. Considerato che fino a quel giorno lei mi aveva rivolto la parola soltanto una volta – per chiedermi se potevo tenerle d'occhio la borsa mentre andava a fare il bagno – non fu per niente facile controllare il nervosismo. La mia saliva divenne un ricordo.

«Com'è che ti chiami Mario?» mi chiese con quel suo adorabile accento torinese – è chiaro che se succedesse oggi non la prenderei affatto bene, ma all'epoca dei fatti non avevo tutta questa autostima.

«Aldo» balbettai tirandomi su con la schiena. E per fortuna che il mio nome si compone di due sillabe striminzite, altrimenti avrei impiegato un'ora a pronunciarlo.

«Io Giorgia, piacere» e mi tese la mano. Ecco dov'era finita tutta la mia saliva... avevo il palmo più viscido di una trota salmonata e infatti lei si asciugò subito la mano sulla gonna di jeans.

«Lo so» dissi, questa volta senza tentennamenti. In realtà avrei voluto aggiungere anche altro, ma non me ne diede il tempo.

«La tua cuginetta mi ha detto che sei innamorato di me. È vero?»

Maledetta! Quella cretina non aveva saputo tenere la bocca chiusa! Avrei voluto sprofondare sotto la sabbia come una testuggine marina quando depone le uova.

«Ma chi? Io? Innamorato? Ma quando mai...» le dissi arroccandomi sulla difensiva.

«Ah, peccato... Perché mi piaci molto...»

Adesso non ricordo bene per quanto tempo smisi di respirare. Credo parecchio, perché a un certo punto cominciò ad appannarsi la vista. Questo sì che cambiava le cose. Compresa la mia capacità di comporre una frase di senso compiuto. Così rimasi in silenzio a fissare il vuoto, al punto che Giorgia deve aver scambiato il mio autismo per indifferenza.

«Non mi dici niente?» m'incalzò lei prendendomi la mano destra, dove il sangue aveva smesso di circolare come in tutte le altre articolazioni periferiche. Ormai ero completamente dissociato, galleggiavo in una dimensione onirica, come in quelle esperienze extrasensoriali che raccontano i sopravvissuti che ritornano dall'aldilà. Così lei aveva premuto la mia mano insensibile sul suo seno. Poca roba rispetto agli standard che ci propina la televisione – ma sul quale fantasticai in solitudine parecchie volte nei mesi a seguire. Non ottenendo ancora nessuna risposta, Giorgia pensò bene di spingermi all'indietro, senza accorgersi che alle mie spalle c'era lo scoglio che poco prima utilizzavo come poggiatesta. La mia nuca fece lo stesso rumore di una noce di cocco quando cade dall'albero. Nel violento impatto la lingua mi rimase incastrata tra i molari e la vista mi si riempì di stelle – non soltanto cadenti. La bocca fu inondata da un sapore denso e metallico. Infine vidi l'ombra di Giorgia incombere a pochi centimetri dal mio viso.

«Allora, ti piaccio o no?» La sua voce adesso era incrinata da una punta d'irritazione. Figuriamoci se in quel momento potevo risponderle. Non contenta, Giorgia aveva schiacciato la sua bocca sulla mia e infilato con prepotenza la lingua tra le mie labbra paralizzate, cominciando a farla mulinare come l'aggeggio a ultrasuoni del dentista per l'ablazione del tartaro. Il suo alito puzzava di birra e sigaretta, ma la lingua era calda, vellutata e avvolgente, mentre la mia era gonfia come quella di un bue e mi bruciava in bocca peggio di un tizzone ardente. Inoltre sentivo il collo bagnato fradicio e non per il sudore, ma per il sangue che sgorgava copioso dalla nuca. Poiché tutto accadde mentre ero in apnea, non credo che il bacio durò più di un minuto.

«Sai di sangue» mi disse non appena si staccò dalle mie labbra, sputando subito dopo con disgusto sulla sabbia. Quindi si alzò e andò via dalla spiaggia con passo barcollante.

E questo fu il mio primo bacio con la lingua – d'accordo, con la lingua di lei.

Dopo una notte insonne trascorsa a fantasticare di matrimonio, figli e vacanze insieme, la mattina seguente mi precipitai di corsa al mare, convinto di essere diventato il suo ragazzo. Invece, nell'angolo di spiaggia dove di solito si riuniva la nostra combriccola, c'erano tutti tranne Giorgia. Quella strana coincidenza mi aveva innervosito fin da subito. Inutilmente avevo cercato di mascherare il dispiacere con il resto della comitiva, fingendo di leggere il *Corriere dello Sport*. Quasi tutti la sera prima avevano visto il nostro bacio – va bene, il bacio di Giorgia – eppure nessuno si lanciava in un commento. Se non fosse stato per i quattro punti di sutura che subito dopo ero andato a farmi mettere dalla guardia medica, potevo anche pensare di averlo sognato quel bacio. Quindi tutti sapevano, compresa Pina, che mi guardava con un sorriso beffardo che le divideva in due quella faccia da bovino. Eppure nessuno mi rivolgeva la parola, nemmeno per chiedermi conto della garza ben visibile sulla nuca.

Il motivo di quello strano silenzio e del ghigno del Minotauro lo compresi da solo un'ora più tardi, quando vidi Giorgia e Silvano arrivare in spiaggia teneramente mano nella mano. Mentre io morivo dentro per sempre, loro avevano steso i loro teli da mare l'uno accanto all'altra e, impunemente, si erano abbracciati e baciati a meno di cinque metri di distanza dal mio asciugamano. Evidentemente le ero servito soltanto per far ingelosire quel fottutissimo figlio di papà. Così avevo nascosto la vergogna, la delusione e la rabbia dietro il giornale, poi, quando tutti erano andati a farsi il bagno, avevo raccolto le mie cose ed ero andato via.

La sera stessa portai a termine con successo l'Operazione Minotauro, Pina Matrioska, Nuova Hulk. Poi il giorno dopo presi il treno per Napoli dicendo ai miei genitori che preferivo tornare a casa a studiare matematica per preparare meglio l'esame di riparazione. Che superai a settembre con una risicata sufficienza. Ah, quasi dimenticavo: il campionato successivo esordii in prima squadra con il Napoli di Maradona che poi vinse lo scudetto.

Tre desideri su tre.

Grazie san Lorenzo.

4
Quando non so nemmeno da dove cominciare

Mi sveglio di soprassalto fradicio di sudore, intontito e mezzo agonizzante. Ci pensa l'immagine riflessa nello specchio a riportarmi alla memoria l'inseguimento, i carabinieri, il treno e tutto il resto. Cazzo! Il Frecciarossa ha smesso di muoversi. Non portando l'orologio al polso e non avendo con me il cellulare non posso nemmeno sapere quanto tempo ho dormito. Può essere passata un'ora come dieci secondi. Valuto due ipotesi: la prima è che il treno abbia raggiunto la sua destinazione; la seconda è che sia fermo per qualche imponderabile motivo. Se fosse valida la prima, dovrei approfittarne subito per scendere al volo e squagliarmela. Poiché non ho tempo per valutare anche la seconda ipotesi e nel bagno non c'è un finestrino, mi allungo verso la maniglia, faccio scattare la serratura e apro la porta quanto basta per sbirciare fuori. Cattive notizie. Il treno è fermo in mezzo a una pianura sconfinata coltivata a riso. Richiudo subito la porta e blocco la serratura. Cazzo! Cazzo! E ancora cazzo! Quanti motivi possono esserci perché un treno si fermi in mezzo al niente? Guasto tecnico? Precedenze da rispettare? Binari occupati? Cavi di rame rubati dai *rameni*? Ho ancora la forza di pensare a battute idiote mentre sicuramente sarà un ordine dei Polfer di fermare il treno perché a bordo c'è un fuggitivo? Forse saltare sul primo treno in partenza non è stata proprio un'idea brillante.

Bussano alla porta. Ecco qua! Fine dei giochi. Se non fosse per lo scorno di essere portato via in manette, mi sentirei quasi sollevato. Almeno non corro il rischio di morire dissanguato dentro un cesso. Questa sì che sarebbe una fine ignobile. Bussano ancora. Con più insistenza. La classica bussata da sbirri. Non c'è motivo che sfondino la porta; non ho nessuna intenzione di complicarmi la vita più di quanto non abbia già fatto. Giro la leva della serratura.

Mi compare davanti la figura di un uomo in divisa. Ormai vedo quasi in bianco e nero, per questo impiego più del dovuto a capire che non si tratta di un poliziotto, bensì del controllore. L'uomo sembra più sorpreso di me di avermi trovato in quella posizione – sdraiato sulla tazza, intendo. Forse in un primo momento ha pensato che fossi alle prese con un bisogno primario, salvo accorgersi che non ho i pantaloni calati. Poi vede la camicia imbrattata di sangue e cambia subito espressione.

«Che diavolo le è successo?» mi chiede.

Bella domanda. Peccato che non sia così facile fornire una spiegazione plausibile, altrimenti mi sarei già consegnato ai carabinieri. «Niente... solo un graffio!» provo a minimizzare.

«È sicuro?»

In effetti non devo avere l'aspetto di uno che si sia ferito giocando col gattino. Piuttosto sembro scampato da un disastro aereo.

Ma il controllore non è per nulla convinto e si solleva il cappello sulla fronte, spaziosa come quella di un rinoceronte. «Mi fa vedere il biglietto?»

Se non fossi nelle condizioni di dover evitare inutili polemiche, gli risponderei che se avessi avuto il biglietto non avrei avuto nessun motivo logico per viaggiare nascosto. Ma ho già abbastanza rogne per conto mio e non mi pare il caso di cercarne altre. «Non ho fatto in tempo a farlo. Ho preso il treno all'ultimo... mi ha visto anche un suo collega.»

«Non importa: vuol dire che pagherà una piccola maggiorazione.»

Sì, come no!

«Dov'è diretto?»

Va' a saperlo... «Qual è la prima fermata?»

Il controllore comincia giustamente a insospettirsi. Adesso anche il tono della voce è incrinato da una certa diffidenza. «Questo dovrebbe saperlo lei, visto che è salito sul treno diretto a...» e lascia la frase in sospeso in attesa che sia io a completarla.

Devo pensare in fretta. Ho ragione di credere che i treni dell'alta velocità in partenza da Torino possano imboccare le rotaie soltanto in due direzioni: Genova o Milano. Ora, non so perché ma il mio senso dell'orientamento mi suggerisce che il treno sia diretto a sud, piuttosto che a est. Nonostante l'inverno scorso mi sia perso nei boschi in cerca di funghi – riuscendo a far ritorno a casa soltanto grazie all'olfatto di Bracco, un segugio della protezione civile – provo comunque a buttarmi: «... a Genova».

«Sbagliato! A Milano» risponde il controllore.

Appunto! Come dice Murphy «*se ci sono due o più risposte, e una di queste risposte può condurre a una catastrofe, allora qualcuno risponderà in quel modo*».

«Sono quarantaquattro euro» dice sfilando dal cinturone la macchinetta elettronica manco fosse una Colt.

Frugo nelle tasche e mostro al controllore tutti i miei averi. «Dove arrivo con quattro euro?»

«Non faccia lo spiritoso... Se vuole può pagare con la carta di credito.»

«Ho lasciato il portafoglio a casa...»

«Mi favorisce un documento?»

«Sono nel portafoglio che ho dimenticato a casa.»

La discussione sta prendendo una gran brutta piega.

«Devo avvertire la polizia ferroviaria» dice prendendo subito il cellulare.

«No, aspetti un attimo... Ho già abbastanza guai. Per favore. Posso spiegarle tutto.»

«Credo ce ne sia bisogno...»

«È una storia lunga...»

«Non si preoccupi... C'è un guasto elettrico sulla linea, hanno rubato i cavi di rame, abbiamo tutto il tempo.»

Mi accorgo solo adesso che da quando il treno s'è fermato anche l'aria condizionata ha smesso di uscire dai bocchettoni. Il controllore si toglie il berretto e con un fazzoletto si asciuga la testa e il riporto impiastricciato di sudore. Quindi si appoggia con la spalla alla porta del bagno e aspetta che cominci a parlare.

«Dio mio non so nemmeno da dove cominciare...»

5

Quando le cose cominciarono ad andare male

Tutto è iniziato a precipitare alle 11.00 di sabato 9 luglio, quando, puntuale come da programma, arrivo davanti alla basilica di Santa Rita di Torino seguito dai miei genitori e dal codazzo molesto e rumoroso di parenti giunti apposta da Napoli per l'occasione. Per la mia famiglia il matrimonio è un evento che non si può mai perdere, si celebrasse anche dall'altra parte del pianeta. Persino il prete chiamato per officiare la funzione religiosa è un mio cugino di secondo grado che ha ottenuto un'autorizzazione speciale dalla diocesi di appartenenza. Le uniche persone tra gli invitati che non fanno parte della mia famiglia sono i compagni di squadra del Chieri col quale gioco in serie D. Alla mia destra, seduto sullo scranno del testimone di nozze c'è Gigi, fratello della sposa nonché mio migliore amico, almeno fino a qualche ora fa.

Fa un caldo terrificante, ma all'interno della basilica si sta abbastanza freschi. Soltanto zio Peppino ha il coraggio di sfidare i quarantadue gradi e restare sul sagrato a fumare una sigaretta dietro l'altra, ma lui è forgiato dal lavoro in campagna e le sue mani e i solchi in faccia sembrano urlare a chi lo osserva la sua resistenza alle asperità della vita.

La navata centrale della basilica è attraversata da un tappeto rosso e da due filari di orchidee bianche del Madagascar, volute da Giorgia – sì, proprio lei, ma datemi il tempo di raccontare una cosa per volta – che per l'occasione non ha badato a spese, tanto pagavo tutto io. Per non farsi mancare proprio niente, la mia futura moglie ha ingaggiato anche Daniele Cantalupo, un rinomato tenore di fama internazionale che ha preteso un cachet degno di Placido Domingo.

Una pala raffigura santa Rita da Cascia, la santa delle grazie impossibili. Ma neppure a Lei è stato possibile evitare che l'altare maggiore sembrasse un angolo di foresta pluviale, tante sono le piante esotiche scelte da Giorgia per allestire lo sfondo della chiesa. Tra le tante palme spuntano persino due banani infiocchettati. Mancano soltanto i macachi e qualche pappagallo. Se il prete si fosse presentato vestito da Tarzan non avrebbe sfigurato affatto. Da quando ero uscito sconfitto dalla furibonda litigata sulla destinazione del viaggio di nozze, la situazione mi era completamente sfuggita di mano. Mi restavano soltanto due alternative: annullare le nozze o scendere a un compromesso. Che nella fattispecie si risolveva nel dire sempre: *sì cara; tutto quello che vuoi tesoro mio*, se non volevo trovarmi invischiato in interminabili discussioni e infiniti malumori. Insomma, tutte cose normali per chiunque sia passato nelle forche caudine dei preparativi di un matrimonio.

Don Gianni – ossia mio cugino – prova il costume da Tarzan, ma gli stringe sui fianchi, opta per la talare piemontese classica con colletto a V e ripassa il brano del Vangelo scelto da Giorgia per celebrare le nozze. Il tenore continua a fare vocalizzi per riscaldare la voce, mentre l'organista si sventola con uno spartito per raffreddare la fronte. Tutti gli invitati guardano in direzione del portone spalancato, dal quale dovrebbe far ingresso in pompa magna la sposa. Per il momento, però, si vede soltanto la silhouette in controluce di zio Peppino incorniciata dal fumo profetico della sua sigaretta incollata alle labbra. Mia madre continua a sorridermi e ad asciugarsi le lacrime, mentre mio padre osserva incantato l'affresco maestoso della cupola. Alla mia destra, Gigi sta facendo rimbalzare le chiavi della macchina sul palmo della mano. È un gesto che fa sempre quando è teso. Immagino sia nervoso perché oggi sua sorella si sposa con il suo migliore amico. Eppure ieri era felice. Strano che abbia cambiato umore.

«Che ti piglia?» gli chiedo.

«Niente» grugnisce. Se Gigi fosse la reincarnazione di un animale, di sicuro nella vita precedente è stato un facocero.

«Che ore sono?»

«Le undici e dieci.»

«Che fine ha fatto Giorgia?»

«La sposa si deve sempre far aspettare.»

Giusto. Tuttavia Gigi è nervoso al punto che deve allentare il nodo della cravatta e sbottonare il colletto della camicia. Rimaniamo in attesa di sentire arrivare il corteo strombazzante della sposa.

Alle 11.20 tutti gli invitati si sono seduti sulle panche e stanno cominciando a mormorare. Va bene farsi aspettare, ma Giorgia sta davvero esagerando. Forse è successo qualcosa. Magari la macchina della sposa ha bucato o fuso il motore: con questo caldo tutto è possibile. Riaccendo il cellulare ed esco dalla chiesa per trovare una tacca di segnale. Zio Peppino continua a fare avanti e indietro nel piazzale sotto al sole rovente, sperando che quel calvario finisca presto e si vada quanto prima al ristorante; più che per il caldo, soffre per l'abito che è stato costretto a indossare. È lo stesso da vent'anni. Il vestito buono per le occasioni importanti, come comunioni, matrimoni e funerali.

Il cellulare di Giorgia potrebbe essere spento o non raggiungibile, mi avverte la voce automatica. Provo con il numero di casa, ma il telefono squilla a vuoto. Mi affaccio su corso Orbassano e non si vede arrivare nessuno.

Torno verso l'altare con gli sguardi di tutti puntati addosso. Adesso sono io quello nervoso. Gigi s'è seduto sulla sedia con un'espressione rassegnata e ha persino smesso di giocherellare con le chiavi.

«Mi vuoi dire che succede?» gli chiedo a denti stretti.

«E io che ne so?»

«Dovresti saperlo, visto che si tratta di tua sorella...»

«Vedrai che adesso arriva.»

«Cazzo, è in ritardo di mezzora!»

«Ricordati che siamo nella casa del Signore» mi richiama all'ordine mio cugino, mimetizzato nella giungla dietro l'altare.

Col passare dei minuti il mormorio alle mie spalle diventa sempre più insopportabile, così mi avvicino al tenore per chiedergli di cominciare a cantare.

«Dovrei aspettare l'arrivo della sposa» mi fa notare lui.

«Be', sono io che pago, non la sposa!»

Questa è la frase magica che spesso risolve. Infatti dopo un breve conciliabolo con l'organista, il tenore attacca con l'aria di *Ombra mai fu* di Haendel. Io ripercorro la navata centrale sotto gli sguardi imbarazzati degli invitati. Zio Peppino si è appostato su corso Orbassano e quando mi vede uscire dalla chiesa mi fa segno di no con la testa. Un po' di cenere gli cade sulla cravatta. Bestemmia e si pulisce riprendendo ad andare su e giù. Chiamo di nuovo Giorgia, ottenendo sempre la stessa risposta dalla segreteria. Nemmeno a casa mi risponde nessuno. Provo con Rachele, la sua migliore amica, ma anche lei è irraggiungibile. Non so chi altri chiamare e cos'altro pensare. Qualsiasi cosa possa essere successa nel tragitto tra casa e chiesa, Giorgia non si è nemmeno premurata di mandarmi un messaggio. A questo punto soltanto un incidente mortale può giustificare un simile comportamento. Non riesco a darmi nessun'altra spiegazione. Mi siedo sui gradini dell'ingresso e rimango ad aspettare sotto al sole rovente perché non ho il coraggio di tornare ancora verso l'altare. Dalla basilica arrivano le note struggenti della *Sonata al chiaro di luna* di Beethoven. Giusto quello che ci vuole per tirarmi su il morale.

Alle 11.50, dopo l'ennesimo inutile tentativo di chiamare qualcuno, mi arrendo e torno in chiesa sfatto come un pugile all'ultimo round per affrontare i parenti. Non appena rimetto piede sul tappeto rosso, il chiacchiericcio degli invitati si zittisce di colpo e di nuovo divento il centro dell'attenzione di tutti. Persino il tenore smette di cantare e l'organista di suonare. Nella basilica echeggia solo lo scricchiolio delle mie scarpe nuove dato che i passi sono smorzati dal tappeto. Arrivo all'altare sorretto soltanto dalla grazia di Dio e mi fermo accanto a Gigi che ha ripreso a lanciare in aria le chiavi della macchina. Non ho nemmeno il coraggio di affrontare lo sguardo di mia madre, che sento singhiozzare sommessamente alle mie spalle.

«Puoi dire tu agli invitati che possono tornare a casa?»

«Non è il caso di aspettare ancora qualche minuto? Magari Giorgia ha capito male l'orario...»

«Sì, come no... Gigi, per favore, occupati anche del ristorante» gli dico dandogli una pacca sulla spalla. E mentre Gigi richiama l'attenzione degli invitati, io faccio il giro dell'altare, raggiungo la porta della sagrestia e me la squaglio dal retro.

6
Quando raccolgo la mia vita col cucchiaino

Il primo posto dove mi precipito è casa di Giorgia. Ci arrivo sudato da fare schifo, perché nonostante l'ora di punta ho preferito venirci di corsa, piuttosto che usare la macchina. Le finestre al terzo piano della casa dei genitori sono tutte abbassate. Mi attacco al citofono, inutilmente. Il cortile è pulito come sempre: per terra non ci sono né riso, né petali di rosa, né piatti rotti, a conferma che la sposa non è mai uscita da casa, se mai mi fosse rimasto ancora qualche dubbio. Provo a suonare ai vicini, ma i pochi rimasti in casa sono tutti diffidenti e nessuno mi apre. Così mi apposto all'ombra di un vecchio olmo: tanto prima o poi qualcuno dovrà pur entrare o uscire dal palazzo.

È quasi l'una e c'è un caldo feroce quando il vecchietto del quarto piano sbuca da dietro l'angolo con la busta della spesa in una mano e il guinzaglio del cane nell'altra. Esco dall'ombra e mi avvicino al cancello come se stessi arrivando in quel preciso momento. Il vecchio mi scruta perplesso da capo a piedi, visto che sono bagnato come se avessi attraversato a piedi il diluvio. Lo saluto con un cenno della testa e mentre apre il cancello m'inchino a carezzare il suo bastardino. Che tenta di mordermi, forse non gli piace il mio odore. Il vecchio mi lascia passare senza problemi perché ci siamo incrociati per le scale centinaia di volte, anche se non ci siamo mai presentati. E mentre lui si ferma ad aspettare l'ascensore, io salgo le scale tre gradini alla volta fino a raggiungere il terzo piano. Appiccicata alla porta con dello scotch c'è una busta da lettera con su scritto: *PER ALDO*. La stacco con rabbia e la apro.

Mi dispiace, ma non ce l'ho fatta. Non mi cercare più. Buona fortuna.

Ho bisogno di sedermi. Quasi mi sdraio sulle scale, mentre sento il vecchietto del piano di sopra armeggiare con la serratura. Rileggo il biglietto altre tre volte prima di alzarmi e attaccarmi al campanello. Ovviamente non mi apre nessuno. Poggio l'orecchio sulla porta, ma gli unici rumori provengono dall'appartamento accanto. Non mi resta che andarmene. Non ho bisogno di sapere altro. La mia vita si è appena sbriciolata come una fetta biscottata troppo sottile per sopportare il peso del burro, della marmellata e del coltello che li spalma.

Abbiamo impiegato quasi un anno per trovare un appartamento che soddisfacesse le innumerevoli esigenze di Giorgia in fatto di esposizione al sole, numero di stanze, ampiezza del bagno, ubicazione del soggiorno rispetto alla cucina, grandezza del balcone. Su un centinaio di appartamenti visitati, ognuno aveva sempre qualcosa che le andava di traverso. Doveva essere la nostra casa per sempre e per questo doveva essere perfetta, sosteneva lei. Tuttavia, per non rimandare le nozze a data da destinarsi, alla fine Giorgia aveva dovuto accettare l'insopportabile compromesso di avere qualcuno che avrebbe abitato al piano di sopra, anche se al momento l'appartamento è ancora vuoto e il proprietario non riesce ad affittarlo.

La sommatoria di tutte le esigenze di Giorgia mi hanno

portato ad acquistare un trilocale da centodieci metri quadri in via Rodi, nel quartiere Lesna alle porte di Torino, al secondo piano di una palazzina di nuova costruzione con box auto annesso, alla modica cifra di 430.000 euro, infognandomi in un mutuo trentennale a tasso variabile e una rata da 1400 euro al mese. Senza contare che per arredare casa ho dovuto dar fondo a quasi tutti i risparmi della mia lurida esistenza.

Giorgia, dal canto suo, oltre a dividere la rata mensile del mutuo, si era impegnata a pagare il ricevimento al ristorante e il viaggio di nozze – motivo per cui aveva preteso l'ultima parola sulla destinazione finale. Come se nella scelta della casa o dell'arredamento avessi potuto esprimere un'opinione, considerato che in quel caso i soldi li mettevo io. E quando le avevo fatto notare questo piccolo particolare era scattato il finimondo.

Calcolando che il mancato ricevimento le sarebbe costato soltanto una piccola penale, mentre il viaggio poteva sempre essere spostato o comunque non andava perso, Giorgia non ci aveva rimesso più di tanto per il suo improvviso ripensamento. A me invece restava una casa troppo grande per le mie esigenze da neosingle, una rata mensile del mutuo pari allo stipendio di un impiegato, e un conto corrente pieno di segni meno.

Se tutto fosse andato come da programma, avrei dovuto varcare la soglia di casa con Giorgia ancora in abito bianco sollevata in braccio. Quindi l'avrei portata dritta in camera da letto, l'avrei adagiata con dolcezza sul materasso e le avrei strappato di dosso il vestito da sposa, spogliandola di ogni pizzo e merletto. Infine avremmo fatto l'amore fino allo sfinimento.

Invece quando richiudo la porta mi ritrovo solo in una casa vuota e silenziosa, calata nella penombra perché le imposte sono tutte chiuse. Mi siedo sul divano nuovo di zecca e rileggo altre due volte il biglietto che Giorgia mi ha lasciato sulla porta, come se nel frattempo possano essersi aggiunte parole nuove a spiegare il senso di quella fuga clamorosa. Ma le parole rimangono le stesse. Che non spiegano nulla e dicono semplicemente che ha cambiato idea. Perché non ce l'ha fatta. Non vuole nemmeno essere cercata, la stronza. Come se non meritassi neanche un chiarimento faccia a faccia. Mi infilo il bigliettino in tasca perché sento montare una rabbia sorda e cerco di reprimere l'impulso di distruggere tutto pensando a come può sentirsi Giorgia dopo aver preso una decisione così drastica. È possibile che si stia struggendo di dolore a casa di qualche amica. Ma questo sforzo empatico si alterna al pensiero dei conti da pagare e della figura di merda con tutti i parenti e del dispiacere di mia madre, e di nuovo sento montare l'impulso di prendere a calci ogni cosa.

Mi sdraio sul divano senza preoccuparmi di togliermi l'abito ancora zuppo di sudore e nemmeno le scarpe. Mentre fisso il soffitto cercando di riordinare le idee, sento un fruscio sul pavimento; quando mi volto vedo l'ombra di Mister Bean correre sotto la credenza. Il topo si affaccia timidamente da sotto il mobile e quando si rende conto che in casa non c'è nessun altro oltre noi due, mi viene incontro e si solleva sulle zampette posteriori. Allungo la mano verso il pavimento e Mister Bean ne approfitta per arrampicarsi su per il braccio fino a sistemarsi sul mio petto.

Non è affatto facile ammaestrare un topo. Certo non puoi pretendere che ti porti le pantofole ai piedi del letto, ma con molta perseveranza questo piccolo roditore può darti delle grandi soddisfazioni e imparare piccole cose. Che nel caso di Mister Bean gli sono valse la pelle, poiché le condizioni di Giorgia riguardo la presenza in casa dell'animale erano state nette e indiscutibili: o lei o il topo. E poco importa che Mister Bean sia un topo da compagnia, color crema, occhietti vispi e musetto simpatico, più simile a un criceto che a un topo di fogna. Adoro i topi. Sono creature eccezionali, intelligenti e affettive. Il colpo di fulmine è stato quando in un documentario ho visto come trasportavano un uovo. Per non farlo rompere uno si mette sulla schiena con l'uovo tra le zampe, e un altro topo lo trascina per la coda come una carriola.

Quando Giorgia veniva a trovarmi nel mio vecchio appartamento dovevo rinchiudere Mister Bean nella sua gabbietta e ficcarlo nel ripostiglio. E nemmeno così lei si sentiva al sicuro. Figuriamoci all'idea di portarlo nella casa nuova. Ragione per cui entro il giorno delle nozze avrei dovuto sbarazzarmi di Mister Bean trovandogli una nuova sistemazione. Per un periodo l'avevo dato a Lucia, la segretaria dell'agenzia immobiliare di Gigi, che aveva accettato di tenerlo soltanto perché credo che abbia un debole inconfessato per me. Ma dopo pochi giorni ero dovuto andare a riprenderlo di corsa perché Mister Bean aveva smesso di bere e di mangiare. La strada dell'affidamento non era quindi percorribile e dovevo per forza trovare un'altra soluzione.

Partendo dai preziosi esperimenti di Pavlov sui beagle, avevo provato a estendere il suo concetto di stimolo-risposta dal cane al topo. In pratica, se un cane salivava sentendo una campanella ogni qual volta gli veniva dato del cibo, magari anche un topo poteva associare un suono a un'emozione. Così avevo registrato la voce di Giorgia su un memo vocale dell'iPhone e ogni volta che lo facevo sentire a Mister Bean accompagnavo l'esperienza uditiva con una scarica a basso voltaggio utilizzando un piccolo accendino piezoelettrico senza gas. Nel giro di pochi giorni Mister Bean aveva imparato ad associare la voce di Giorgia alla scarica elettrica e quindi a rifugiarsi di corsa nel suo nascondiglio sotto la credenza ogni qual volta sentiva la sua voce. Così avevo risolto il problema dell'affidamento di Mister Bean, anche se alla lunga sarebbe stato difficile gestire la convivenza perché il topo continuava a cagare dappertutto e non c'era verso di fargli capire che doveva farla soltanto sotto la credenza.

In ogni caso il problema adesso non si pone più, visto che alla fine è stata Giorgia a lasciare la casa.

Mentre col polpastrello accarezzo la testa di Mister Bean che si è raggomitolato sul mio petto, qualcuno suona alla porta. Poso Mister Bean sul tappeto e mi avvicino allo spioncino. Dall'altra parte della porta vedo mia madre, mio padre e una parte di Gigi, troppo grosso persino per la lente grandangolare dello spioncino. Apro soltanto qualche centimetro perché non ho nessuna intenzione di farli entrare.

«Come stai?» mi chiede mia madre. Ha ancora gli occhi gonfi e arrossati.

«Me la caverò, non ti preoccupare. Ma voglio restare solo.»

«Noi siamo in albergo, chiamaci se hai bisogno» aggiunge mio padre.

«Notizie di tua sorella?» chiedo a Gigi.

Gigi scuote la testa. Non sa cosa dire. Sembra un animale ferito che non ha ancora capito da che parte è arrivato il colpo.

«Ci sentiamo domani. Adesso scusatemi.» E così dicendo chiudo la porta in faccia ai miei genitori e al mio migliore amico, perché non sono proprio dell'umore per sostenere una conversazione.

Torno a sdraiarmi sul divano sotto lo sguardo attento di Mister Bean. Quindi gli allungo la mano e di nuovo il sorcio risale su per il braccio, fino a sistemarsi nella stessa posizione di prima che il campanello disturbasse il nostro idillio. Mister Bean si gode i grattini che gli faccio sulla testa e lentamente chiude gli occhi. Io mi addormento poco dopo, nonostante il sole debba ancora tramontare.

7

Quando il vento ha cominciato a girare... un pallone

Ogni uomo dovrebbe vivere il suo momento di celebrità, piccolo o grande che sia. Da parte mia, in quasi quarant'anni ho avuto il privilegio di viverne almeno un paio, entrambi gloriosi. Il primo, indimenticabile, accadde il pomeriggio del 14 aprile 1990, allo stadio San Paolo di Fuorigrotta. Era il minuto 83° di Napoli-Bari con il risultato saldamente nelle nostre mani per 3-0. Io sedevo in panchina accanto a calciatori del calibro di Gianfranco Zola e Massimo Mauro – non proprio due nomi qualsiasi. Era la terza volta che dalla squadra Primavera venivo aggregato alla rosa dei titolari, più che altro per completare la panchina. All'epoca il calcio non prevedeva panchine lunghe e turn-over e quando capitava più di un infortunio l'allenatore convocava qualche ragazzo della squadra Primavera per arrivare a consegnare la maglia numero sedici. Che nel mio caso alla smorfia è un numero molto fortunato considerato che è «il culo». Per questo non rimasi sorpreso quando all'improvviso il mister mi disse di entrare al posto di Corradini, uscito in barella per un pestone alla caviglia. Zola e Mauro, pur storcendo il naso, mi avevano dato due pacche d'incoraggiamento sulle spalle, mentre mi toglievo la tuta con le mani che tremavano per l'emozione. Nonostante fossi un'ala destra pura, prima di entrare in campo il mister mi aveva ordinato di marcare a uomo il loro numero undici e di passare sempre la palla a Maradona o al compagno libero più vicino. In tutto giocai quattro minuti, recupero compreso, toccando due volte il pallone ma senza sbagliare nemmeno un appoggio. Feci come mi aveva chiesto il mister, che uscendo dal campo si complimentò con me. Furono gli unici minuti che giocai su un campo di serie A, ma grazie a quello scampolo di partita potrò vantarmi per sempre di aver vinto uno scudetto e di aver giocato al fianco di Maradona. Scusate se è poco.

Il secondo momento di celebrità fu una diretta conseguenza di quei quattro minuti e durò tutta l'estate seguente. Da quell'ingresso in campo la mia vita cambiò improvvisamente e da ragazzo qualunque che giocava con la squadra Primavera del Napoli, divenni a tutti gli effetti un calciatore del Napoli campione d'Italia. Con un notevole surplus di popolarità che diede i primi benefici già nel consiglio di classe di fine anno, quando il professore di matematica decise di concedermi un sei politico che mi evitò di essere rimandato a settembre per l'ennesima volta. Il mio rapporto con la matematica è sempre stato di assoluta, imprescindibile incomprensione. Un po' come il rapporto con le donne. I miei voti si aggiravano sempre tra il due e il tre. Una volta a un compito in classe il professore per umiliarmi definitivamente, mi diede «2+» per incoraggiamento.

Invece finalmente potevo godermi un'estate di vacanza pura, senza l'assillo dei libri e delle ripetizioni. E, proprio quell'estate, accadde l'imponderabile.

Appena arrivato a Gaeta la prima cosa che comprai, con i soldi ricavati dalle tre convocazioni in prima squadra, fu il motorino. Avevo ancora diciassette anni e non potevo permettermi di guidare una macchina, ma già il fatto di mandare in pensione il Mini Califfo per un Piaggio Sì – seppur di seconda mano e piuttosto malconcio – aveva contribuito a fare in modo che la mia autostima aumentasse a livelli significativi. Inoltre cominciai a essere invitato alle feste più esclusive e a frequentare ambienti nemmeno immaginabili soltanto l'anno prima. Ogni giorno ricevevo un invito per uscire in barca e dopo pochi giorni avevo smesso di andare in spiaggia con il solito gruppo, anche perché non sopportavo più di sentire Pina il Minotauro rinfacciarmi di averla sedotta e abbandonata. Eppure, nonostante il salto di qualità del mio status sociale, non ero felice. Aspettavo che arrivasse a Gaeta anche Giorgia e ogni giorno passavo sotto casa di sua cugina con la speranza – sempre delusa – di vederla. Per avere qualche notizia avevo incaricato Lucia di raccogliere informazioni di prima mano dalle amiche di Rossella. Tuttavia le notizie che mia cugina portava a casa non erano mai positive. A quanto si diceva in giro, Giorgia e Silvano stavano ancora insieme e, secondo fonti ben informate, i due erano persino andati in vacanza insieme in Corsica e non era sicuro che sarebbero venuti a Gaeta.

Nel giro delle nuove amicizie non potevo nemmeno pensare di adocchiare qualcuna, poiché erano tutte più che maggiorenni ed era come se appartenessero a un altro universo. Almeno nei miei pensieri. Per questo motivo non mi ero mai accorto che Simona Franchi, che due anni prima aveva partecipato nientedimeno che alle selezioni regionali di Miss Italia, aveva delle attenzioni particolari per me. Me lo fece notare Gianni, il figlio del sindaco, col quale avevo stretto amicizia più di altri. Secondo lui avrei dovuto invitarla a uscire. Già, ma per portarla dove? In pizzeria sul sedile posteriore del Sì? Stavamo parlando di Simona Franchi, che l'estate precedente frequentava un giovane produttore televisivo che passava a prenderla con la Porsche e la portava a Roma... Eppure...

Eppure era l'anno dei Mondiali di calcio, quello di Italia '90, delle *notti magiche*, e il 30 giugno l'Italia aveva vinto i quarti di finale battendo 1-0 l'Irlanda con un goal di Totò Schillaci. Questo significava che il 3 luglio l'Italia sfidava in semifinale l'Argentina di Maradona allo stadio San Paolo di Napoli, dove io ero di casa. Mi bastarono due telefonate per avere i biglietti omaggio in tribuna. Così chiesi a Simona se le andava di accompagnarmi a Napoli, ovviamente con la sua macchina. Lei aveva sgranato gli occhi dicendo che avrebbe pagato oro pur di trovare un biglietto.

La partita non andò bene. L'Italia perse ai rigori, dopo che i tempi regolamentari erano finiti sull'1-1. Sbagliarono Donadoni e Serena, per la cronaca. Nonostante la delusione, presi Simona per mano e, sempre grazie alle mie conoscenze, mi addentrai nei meandri del San Paolo fino a raggiungere l'uscita degli spogliatoi dove passavano tutti i giocatori per salire sui pullman. Simona sembrava come una bambina nel paese delle meraviglie, soprattutto quando si trovò faccia a faccia con Schillaci, Vialli, Zenga e via via tutti gli altri calciatori della Nazionale. Poi, mentre sfilavano i giocatori dell'Argentina, Diego Maradona in persona s'era staccato dal gruppo per venirmi a salutare, abbracciandomi come se avesse visto un vecchio amico. Io le presentai Simona, che, a quel punto, balbettava come Rain Man.

Nonostante l'amarezza per l'eliminazione dai Mondiali, la serata fu un vero trionfo personale. Che ebbe come glorioso epilogo una sosta in un'area di servizio al chilometro 2.200 della via Domiziana, dove ebbi la mia seconda esperienza sessuale – questa volta potendo tenere gli occhi aperti.

Per Simona la differenza d'età non costituiva nessun problema, mentre per me fare coppia con lei non faceva altro che aumentare la mia popolarità. Adesso non solo ero un calciatore del Napoli campione d'Italia, ma stavo insieme alla ragazza più bella del posto, alla quale avevo fatto conoscere il calciatore più forte del mondo. E la notizia aveva fatto il giro del paese, con evidenti ricadute positive sul mio status. Potenza di un pallone...

Le vacanze finirono all'improvviso il 25 luglio, quando mio padre mi disse di chiamare subito in società perché mi aveva cercato nientedimeno che Luciano Moggi in persona – che all'epoca era il direttore sportivo del Napoli. Così feci. Senza tanti preamboli, Moggi m'informò di aver venduto il cinquanta per cento del mio cartellino alla Reggiana nell'ambito dell'operazione che avrebbe portato Andrea Silenzi in azzurro, e che già l'indomani mi aspettavano a Reggio Emilia per le visite mediche e la firma del contratto. Mi disse in bocca al lupo e riattaccò. Fu la prima e ultima volta che parlai con lui. Quella sera stessa salutai Simona e presi il primo treno che da Formia andava a Bologna, accompagnato da mio padre perché ero ancora minorenne e non potevo firmare il contratto.

Andavo a giocare in serie B, in una squadra ambiziosa che voleva lottare per la promozione. In treno mio padre ripeteva che sarebbe stata l'occasione giusta per farmi le ossa e mettermi in mostra. Tuttavia, essendo ancora troppo giovane, venni subito aggregato alla squadra Primavera della Reggiana e poiché la preparazione del campionato giovanile iniziava dopo Ferragosto, tornai a Gaeta per godermi gli ultimi giorni di vacanza.

La mattina del 13 agosto Simona era passata a prendermi a casa, perché aveva ricevuto un invito per andare a Ventotene con la barca di un suo amico di Roma. Soltanto una volta a bordo mi resi conto di conoscere il proprietario del fuoribordo. Si trattava di Silvano, che quando mi vide mi abbracciò come se avessimo fatto le scuole elementari insieme, mentre l'anno prima non mi aveva mai rivolto la parola. Potenza di un pallone...

Accanto a lui c'era Giorgia, alla quale prese un colpo quando mi vide sottobraccio a Simona. Fu un bel momento. Una delle soddisfazioni più belle di tutta la mia vita, seconda soltanto all'esordio in serie A al San Paolo.

Giorgia non mi parlò per tutto il giorno, restando appiccicata al suo ragazzo che, per quanto ricco e potente fosse il padre, a ventotto anni aveva già una discreta pancetta e cominciava a stempiare. E quando a pranzo Simona raccontò a tutti dell'abbraccio di Maradona negli spogliatoi del San Paolo, la faccia che fece Giorgia fu il coronamento di una rivincita impagabile.

Il giorno dopo Silvano ci invitò di nuovo per un'altra gita sul suo dodici metri, questa volta diretti a Ponza, ma dissi a Simona di andare pure senza di me perché dovevo tornare a Napoli per sistemare alcune cose burocratiche prima di partire per Reggio Emilia. In realtà rimasi a casa con i miei soltanto perché non avevo nessuna voglia di rivedere Giorgia insieme a quell'idiota figlio di papà.

La notte di Ferragosto feci l'amore per l'ultima volta con Simona. Poi la salutai e il giorno dopo presi il treno per l'Emilia. Fu anche l'ultima estate che trascorsi a Gaeta.

Potenza di un pallone.

8
Quando c'è bisogno di cercare Giorgia

Rimango chiuso in casa per tre giorni di seguito, riuscendo a sopravvivere grazie ai confetti con le mandorle delle bomboniere – centotrenta pulcinella in ceramica di Capodimonte, che mi sono costati quanto un rene – e a un po' di spesa che mi ha portato mia madre l'altro ieri prima di partire per Napoli. Come ogni mattina da quando mi sono rintanato in clausura, qualcuno si attacca al citofono. A quest'ora possono essere soltanto i testimoni di Geova, visto che la posta mi viene ancora recapitata nel mio vecchio appartamento. Ovviamente non rispondo. Tuttavia dopo qualche minuto sento dei tonfi pesanti venire dalle scale. Quindi, o sta passando a trovarmi un elefante fuggito dal circo, oppure è Gigi.

«Si può sapere che fine hai fatto?» mi chiede non appena apro. «Ieri pomeriggio ti aspettavamo all'allenamento... Non hai nemmeno avvisato!»

Gigi va dritto al frigorifero dove trova una bottiglietta di Coca-Cola da mezzo litro.

«Cazzo, sono le nove del mattino...» gli faccio notare.

Lo stomaco di Gigi non è abituato a rispettare gli orari. «Non hai nemmeno accompagnato tua madre e tuo padre in stazione...» dice prima di liberare un rutto carico di anidride carbonica che avrà svegliato persino il portiere.

«Gigi, ho una Smart. Pur volendo non possiamo entrarci in tre.»

«E non hai visto i miei messaggi?»

«Lo vuoi capire che non ho voglia di parlare con nessuno?»

«Quindi per te io sarei nessuno!» Gigi riapre il frigorifero e trova una vaschetta di gorgonzola che comincia a mangiare con un cucchiaino.

«Non farne una questione personale...»

«Cos'hai intenzione di fare? Presentarti in campo senza nemmeno un allenamento nelle gambe?»

«Tranquillo, non ho nessuna intenzione di giocare... Non mi sembra proprio il caso.»

«Tu cosa? Stai scherzando?»

«Non ci pensare nemmeno.»

Gigi mi fissa incredulo. Smette persino di mangiare. Il motivo del contendere è la finale che assegna il titolo di campione d'Italia tra noi dilettanti della serie D che dobbiamo giocare contro il Venezia.

«Stammi bene a sentire, pezzo d'idiota che non sei altro, ci siamo fatti un culo così per due anni di fila per arrivare a questo traguardo. La squadra ha lavorato tanto per vincere il campionato e giocarci la poule scudetto. Senza contare che è anche la tua ultima partita...»

Non ho specificato che Gigi, oltre a essere il mio migliore amico, è anche l'allenatore della squadra per cui gioco.

«E con questo?»

«Ma che razza di uomo sei? Cosa dico ai ragazzi? E cosa raccontiamo ai tifosi, eh? Che tu non hai giocato perché la donna ti ha mollato?» L'ultima frase la pronuncia facendo il verso della femminuccia.

Rimango in silenzio a pensarci su, mentre Gigi riprende la vaschetta di gorgonzola e la finisce infilandoci direttamente la lingua.

«Cazzo, non ti sei ancora tolto l'abito! Puzzi più di questo gorgonzola...»

«Vado a riflettere sotto la doccia.»

«Non adesso. Ho bisogno che vieni con me.»

«Per andare dove?»

«Dobbiamo denunciare la scomparsa di Giorgia.»

Ecco perché s'è presentato a quest'ora del mattino. «Gigi, tua sorella non è scomparsa... Semplicemente ha deciso di andarsene. C'è una bella differenza. Ha lasciato anche un bigliettino con scritto di non cercarla.»

«Potrebbe essere stata costretta a farlo.»

«Ma fammi il piacere...»

«Cristo santo, possibile che tu non sia minimamente preoccupato?»

«Ah, adesso dovrei anche essere preoccupato? Gigi, per me tua sorella è come se fosse morta!»

«Non posso credere che pensi questo...»

«Be', fattene una ragione! Così come me la sono fatta io!»

«Aldo, dobbiamo andare dai carabinieri.»

«E tu sei liberissimo di andarci. Non te lo sto certo impedendo. Semplicemente io non ho nessun'intenzione di accompagnarti.»

«Sei o non sei il mio migliore amico?»

«E con questo?»

«Te lo chiedo come favore personale; i miei non escono nemmeno più di casa per la vergogna...»

«Non puoi chiedermi questo!»

«Per favore!»

Gigi mi fissa con occhi imploranti pietà. Anche se provo a dirottare lo sguardo altrove, sento il loro peso sulla mia fragile coscienza.

«Posso almeno farmi una doccia?»

Non appena capisce che ho ceduto alla sua richiesta, Gigi mi afferra per un braccio e mi trascina verso la porta. «Non ti sei lavato per tre giorni, puoi aspettare ancora qualche ora...»

Inutilmente provo a puntare i piedi: Gigi si ritrova tra le braccia una forza sovrumana e mi trascina via. «Ma non mi sono nemmeno lavato i denti...»

«Tranquillo, non ho intenzione di baciarti in bocca!»

Faccio giusto in tempo ad afferrare le chiavi di casa prima che Gigi richiuda la porta. Appena scendiamo la prima rampa di scale, ci troviamo faccia a faccia con l'ultima persona al mondo che in quel momento avrei voluto incontrare: Michele Capobianco.

«Guarda guarda chi si vede: Luigi Bianchi e Aldo Russo! Ma tu non dovresti essere in viaggio di nozze?» dice squadrandomi da capo a piedi.

«Stavo partendo giusto ora» gli rispondo, cercando di liquidarlo prima che Gigi possa fargli del male. Michele sta accompagnando una giovane coppia a vedere l'appartamento del piano di sopra. È il titolare dell'agenzia che ha ricevuto il mandato per affittare l'appartamento, nonché diretto concorrente dell'agenzia immobiliare di Gigi nella quale di tanto in tanto lavoro da quando ho smesso di giocare a livello professionistico.

«Vedi di sparire prima che ti spezzi un braccio» gli ringhia contro Gigi, che ancora non ha digerito il fatto che il mese prima gli abbia soffiato sotto al naso la vendita di una mansarda da trecentomila euro.

Michele capisce che Gigi non scherza e accelera il passo. «Be', buon viaggio, allora...»

«Stronzo» mormora Gigi mentre finiamo la rampa di scale che porta all'uscita. «Un giorno o l'altro gli stacco la testa e la uso per tappargli il buco del culo!»

Mezzora dopo siamo seduti davanti al maresciallo Zanon, che comanda la stazione dei carabinieri di zona. Sembra ormai prossimo alla pensione e sulle spalline della divisa ha tre linee bordate di rosso con una stellina. Il suo nome è scritto su una targhetta d'ottone, preceduto dall'incomprensibile qualifica di M.A.S.U.P.S. Mentre il sottufficiale legge e rilegge il biglietto scritto da Giorgia, io non riesco a distogliere l'attenzione da quell'acronimo; mi chiedo cosa possa voler dire. Maresciallo abbastanza stufo un po' stronzo, penso.

«E quindi?» ci chiede restituendomi il biglietto.

Io guardo Gigi per fargli capire che glielo avevo detto. Ma Gigi non si dà per vinto.

«E quindi, siamo preoccupati.»

«Questo lo capisco... Ma io non posso fare niente per voi.»

«Magari una segnalazione per una donna scomparsa.»

Il maresciallo guarda l'ora e si sporge sulla scrivania per creare un clima più confidenziale. «Signor Bianchi, mi creda, vorrei poterla aiutare, ma qui ci troviamo di fronte a una persona adulta capace di intendere e di volere, che ha deciso di prendersi un periodo di riflessione perché non si voleva più sposare. L'ha lasciato scritto chiaramente. Non possiamo diramare una segnalazione di ricerca soltanto perché ha staccato il cellulare...»

«Potrebbe essere stata rapita!»

«E il bigliettino? Prima mi avete confermato che questa è la sua scrittura...»

«Qualcuno potrebbe averla costretta.»

«Bene, mi dia un movente valido.»

Gigi mi guarda in cerca di aiuto.

«Che significa masups?» gli chiedo scandendo l'acronimo.

Il maresciallo, a ragione, mi guarda come se fossi un demente. «Significa maresciallo aiutante sostituto ufficiale di pubblica sicurezza.» Lo dice con lo stesso tono con cui si risponde a un bambino rompicoglioni.

«Ahh» faccio io. Sembra una cosa piuttosto importante. «In che senso *aiutante*?»

Gigi mi molla un pugno sul costato che mi toglie il respiro. «C'è qualcuno a cui potremmo rivolgerci?» gli chiede subito dopo.

Il maresciallo ci fissa interrogandosi se non sia il caso di chiamare il piantone e farci sbattere fuori dalla caserma. Poi torna ad appoggiarsi allo schienale della poltrona. «Volete il mio parere?»

Io non posso rispondere perché sono ancora senza fiato.

«Lasciate perdere...» continua senza che nessuno glielo abbia chiesto.

Non c'era certo bisogno che me lo dicesse lui.

«Come sarebbe a dire?» s'inalbera Gigi.

«Sua sorella è sicuramente scappata con un altro uomo.»

«Come fa a dirlo?»

«Si fidi... Ho trent'anni di servizio, mi sono capitati molti casi come il vostro... E sono disposto a mettere la mano sul fuoco che la ragazza si trova in compagnia di qualcuno. Forse voi sapete chi è questo qualcuno, o forse no. Potrebbe essere una vecchia fiamma come un collega di lavoro. Ma anche qualcuno conosciuto in chat o su Facebook. Bisognerebbe indagare a fondo su questi ultimi giorni, ma questo può farlo soltanto un investigatore privato, non certo l'Arma dei Carabinieri.»

«Un investigatore privato...» ripete sottovoce Gigi valutando l'ipotesi.

«Lei ne conosce qualcuno?»

Ecco, ci mancava solo questo...

Il sottufficiale fruga in un cassetto della scrivania, dove trova un bigliettino da visita che consegna nelle mani di Gigi. «È un ex collega dei reparti speciali. Il più bravo di tutti! Un vero e proprio segugio. Ditegli pure che vi manda il maresciallo Zanon.»

«Grazie mille» gli dice Gigi congedandosi.

«In bocca al lupo» risponde il sottufficiale, guardandomi negli occhi come se già conoscesse il mio destino.

«Per caso ti ha dato di volta il cervello?» dice Gigi mentre viaggiamo su corso Potenza, diretti verso la periferia nord, a bordo della Mercedes SSK che ho noleggiato per il matrimonio. Essendo senza tettuccio, siamo esposti ai raggi del sole e mi sto squagliando come un panetto di burro. Gigi invece è nervoso come se gli avessero strappato un molare senza anestesia.

«Ci guardano tutti...» gli faccio notare. «Ma non dovevi restituirlo tre giorni fa questo trabiccolo?» Il trabiccolo in questione è la famosa Mercedes 740SSK, ossia la rarissima macchina d'epoca progettata da Ferdinand Porsche e prodotta dalla casa automobilistica tedesca in trentasei esemplari soltanto tra il 1928 e il 1933; con noi due dentro che sembriamo Stanlio e Ollio, è chiaro che attiri l'attenzione.

«Non cambiare discorso. Che cazzo te ne frega di sapere cosa vuol dire masups?»

«Ero curioso.»

«Stiamo parlando della scomparsa di mia sorella e tu sei curioso di una sigla?»

«Non è una sigla, ma un acronimo...»

«Vuoi fare un bagno nel Po?»

Il fiume è proprio sotto di noi e Gigi sarebbe capacissimo di scaraventarmi in acqua. «Volevo capire se si trattava di un grado importante, tipo tenente o capitano, oppure se era un semplice appuntato. Non ci ho mai capito molto con i gradi militari.»

Gigi continua a guidare elaborando la risposta. Quando superiamo il cavalcavia tiro un sospiro di sollievo.

«E l'hai capito?» mi chiede quando ci fermiamo al semaforo con via Pianezza.

«Mi sembra pomposo come grado. Comunque è un maresciallo, dovrebbe essere competente.»

Gigi non commenta. La mia risposta sembra averlo convinto.

«E quindi?» gli chiedo.

«Quindi cosa?»

«La macchina. Dovevi restituirla tre giorni fa. Sai com'è, ho lasciato la mia carta di credito come garanzia...»

«Sono tre giorni che passo al garage, ma il noleggio è sempre chiuso per lutto. Ci proverò anche oggi pomeriggio. A questo punto tanto vale usarla...»

All'indirizzo del biglietto da visita corrisponde un bar piuttosto fatiscente. Sull'insegna esterna c'è scritto giusto l'essenziale: *Bar*, appunto. Dev'esserci chiaramente uno sbaglio, anche se abbiamo controllato due volte e strada, civico e città corrispondono. Tuttavia, prima di chiamare al numero di cellulare scritto sul biglietto, decidiamo di entrare nel bar per chiedere informazioni. All'interno il locale sembra stato arredato negli anni Sessanta e da allora ogni cosa è rimasta al suo posto, compresa la polvere. C'è persino un telefono a gettoni della Sip appeso nell'angolo più lontano e tutte le pareti sono perlinate in legno scuro fino al soffitto. Un bancone e due tavolini completano l'arredo. Non ci sono né videopoker, né aria condizionata. Le uniche persone presenti sono la barista e un cliente che legge *Tuttosport* al tavolino. Incurante della legge sul fumo, la barista tiene una sigaretta accesa tra le labbra con la cenere che sembra in procinto di caderle nella generosa scollatura. Sta macinando del caffè e ci degna di attenzione solo quando raggiungiamo il bancone. Avrà non più di cinquantacinque anni, con un parruccone biondo platino calato sulla testa e l'aria di chi ne ha viste di tutti i colori.

«Buongiorno» le fa Gigi. «Stiamo cercando l'agenzia di un investigatore privato.»

Lei scrolla la cenere nel lavandino e aspira un'altra boccata squadrando Gigi da capo a piedi. «Chi vi manda?»

«Il maresciallo Zanon» risponde pronto Gigi.

Questa volta sono io a finire sotto osservazione. Mi lancia un'occhiata come se già sapesse il motivo per cui siamo lì. «Quella è la sedia e aspettate il vostro turno.»

Gigi annuisce ubbidiente come un cagnolino. L'uomo che legge il giornale ci saluta con un cenno della testa; poi si concentra sul mio viso e mi fissa con gli occhi a fessura come se volesse mettermi meglio a fuoco. Faccio spesso questo effetto. Cerco di guardare altrove sperando che non mi riconosca.

«Io ti conosco» fa lui, illuminandosi all'improvviso come

un albero di Natale. «Sei Russo. Aldo Russo. Hai giocato nel Toro, dico bene?»

Come non detto. «Proprio io» rispondo con un sorriso di circostanza. So già le parole che seguiranno. E infatti...

«Sei stato sfortunato. Eri una buona ala destra.»

Precise precise. «Grazie.»

«Permetti? Mimmo Ruggiero» si presenta allungando la mano. È un uomo di mezza età, con un taglio di capelli pratico, la barba di tre giorni e un aspetto trascurato. Mi rendo conto che io non devo avere un aspetto molto migliore.

«Anche tu piemontese doc...» gli dico.

«Originario di Torre del Greco. Ma sono trent'anni che vivo a Torino. È stato l'errore più grande della vita mia...»

«Quale?»

«Sposarmi una torinese... Come dice il proverbio, moglie e buoi dei paesi tuoi! Sei anche tu qui per il maresciallo Zecca?»

Annuisco pensando a quello che ha appena detto.

«È la prima volta, vero?»

Devo avercelo scritto in fronte. Lancio a Gigi uno sguardo carico di frustrazione. «Ma non potevi lasciarmi in santa pace sul divano?» gli dico a denti stretti.

«Tranquillo, è il migliore di tutti» mi rassicura l'uomo chiudendo *Tuttosport* per dedicarsi completamente a noi. «Questa è la terza volta che ritrova mia moglie.»

Io e Gigi ci guardiamo trattenendo a stento un sorriso.

L'uomo invece ha perso la sua giovialità e ha assunto un'aria mesta. «La prima volta è scappata a Venezia col salumiere. Non potete immaginare che casino è successo. Lui ha lasciato la moglie e tre figli per lei.» Lo dice quasi con una punta d'orgoglio, come se ci fosse di che vantarsi. Poi torna a incupirsi. «L'anno scorso è scappata a Roma col macellaio. È stata via quindici giorni. Ho persino temuto che non tornasse più a casa. Poi per fortuna tutto si è risolto. La settimana scorsa è andata via di nuovo senza lasciarmi nemmeno un biglietto. Il maresciallo Zecca l'ha ritrovata stamattina in un albergo di Firenze. A quanto pare è scappata col fruttivendolo! Io non so più cosa fare con lei...»

«Magari non mandarla più da sola a fare la spesa» provo a suggerirgli.

«Oppure portala subito a fare un bel viaggio a Parigi e Madrid, che non si sa mai» aggiunge Gigi, che fatica a trattenersi dal ridere.

Per fortuna arriva la barista a chiederci se vogliamo ordinare qualcosa.

«Cosa c'è dentro quei panini?» le chiede Gigi, indicando la vetrina sul bancone.

«Sono lì da così tanto tempo che l'ho dimenticato» risponde lei sbrigativa.

Gigi è in completa ammirazione. «Per me va bene un panino con *nonsisacosa* e una birra alla spina. Posso sapere il tuo nome?»

«Cos'è, ti hanno bocciato in prima elementare?» risponde sempre più acida, battendo la punta della penna sull'enorme tetta destra, dove stampato in rosso sulla maglietta c'è scritto: *Da Carmela*.

Se fosse stato un altro a rispondergli in quel modo, Gigi gli avrebbe staccato le orecchie dalla testa. E non lo dico tanto per dire. Invece sorride a Carmela con un'aria da idiota che non gli avevo mai visto prima. «Volevo sentirlo dalla tua voce...»

«Senti bello, se sei venuto qua perché hai voglia di un

calcio nelle palle, ti avviso che hai trovato il locale giusto. Chiaro?»

Gigi annuisce sempre più estasiato.

«Tu invece che vuoi?» dice rivolgendosi a me, ma senza staccare gli occhi da Gigi.

«Un caffè va più che bene.»

«Cazzo che donna!» fa Gigi una volta che Carmela è arrivata al bancone.

«Gigi, potrebbe essere tua madre.»

«Ce ne fossero donne così. Hai sentito che caratterino?»

«Sono sicuro che ad Auschwitz ne trovavi di più gentili...»

«E poi hai visto che tette? Me la scoperei sopra il bancone!»

«Quella ti spacca in faccia la bottiglia del Biancosarti, se solo provi ad avvicinarti.»

Non contento, Gigi chiede informazioni al nostro vicino di tavolo. «Sai se è la donna dell'investigatore?»

«No. Il maresciallo Zecca è sposato con figli» risponde Mimmo Ruggiero. «Carmela gli affitta soltanto il retrobottega e gli fa da segretaria. Poi se c'è dell'altro tra loro non sono affari miei...»

«E non sai se è sposata?»

«Carmela è rimasta vedova a trent'anni. Lei dice che il marito è morto per una caduta accidentale. Secondo me l'ha fatto fuori lei...»

«Ottimo» commenta Gigi, mentre da una porta in fondo al locale esce una donna minuta che si avvia subito verso l'uscita.

«Tocca a me: tranquilli, non ci vorrà molto» dice Mimmo Ruggiero congedandosi con una stretta di mano.

«In bocca al lupo» gli dico.

«Crepi!»

Mi ero ripromesso di non usare più questa espressione. Odio quando mi dicono *crepi*. Io adoro i lupi almeno quanto i topi. Hanno il più forte senso di collettività del Creato. Proprio come l'essere umano...

Il mio pensiero contro l'individualismo dell'umanità viene interrotto dal caffè che mi porta Carmela. È il migliore di tutta Torino. Cremoso e denso come solo a Napoli sanno fare. Anche il panino deve essere squisito, poiché Gigi lo inghiotte in quattro morsi.

Mimmo Ruggiero esce dall'ufficio dell'investigatore con un sorriso a trentadue denti e un biglietto in mano – probabilmente l'indirizzo dell'albergo dove si nasconde la fedifraga. Ci saluta sollevando una mano, mentre Carmela ci fa segno con la testa che possiamo entrare. Gigi scatta in piedi, io lo seguo controvoglia.

L'ufficio, se così si può chiamare, è un retrobottega di quindici metri quadri illuminato da un neon appeso sopra la porta e da una feritoia aperta nel soffitto. Il pavimento è in cemento grezzo, in leggera pendenza verso il centro della stanza dove c'è la grata di un tombino che serve da scolo per l'acqua piovana. Sul tombino è legata con fil di ferro un'ulteriore rete metallica a maglie strette per impedire ai ratti di risalire dalla fogna. Avendo anche la funzione di deposito, contro le pareti sono accatastate casse d'acqua minerale, fusti di birra, scatole di liquori, sacchi di caffè e chissà cos'altro. C'è un'umidità che spaccherebbe le ossa a un minatore, ma in compenso il locale è bello fresco. Devo ricordarmi che l'abito non fa il monaco.

Il maresciallo Zecca è un cinquantenne in perfetta forma fisica, con i capelli ancora tutti neri tagliati da un barbiere da caserma che preferisce la macchinetta alle forbici. Tiene in bocca un sigaro acceso del diametro di una banana, che appesta l'aria peggio di un gas lacrimogeno. Una benda di cuoio gli copre l'occhio sinistro, mentre la stessa parte del viso è tutta un reticolo di sottili cicatrici come se avesse sfondato una vetrata con la testa. La scrivania non è altro che un vecchio biliardino senza stecche sul quale ha poggiato un foglio di plexiglas trasparente che lascia intravvedere il campo da gioco che fu. Ci sediamo su due sedie di plastica dalla parte del biliardino da cui uscivano le palline.

«Hai portato una foto della ragazza?» mi chiede senza presentarsi, alzarsi o stringerci la mano.

Deve sapere il fatto suo. Oppure è vero che ho scritto in fronte quello che mi è successo. «No. Ma ho delle foto sul cellulare.»

Lui allunga la mano e rimane in attesa che gli consegni il cellulare. Cerco nella galleria di immagini dell'iPhone il primo piano migliore di Giorgia e glielo consegno. Dopo aver osservato con molta attenzione la foto, comincia a sfogliare l'album fregandosene della privacy.

«Se non le dispiace avrei delle foto private che preferirei restassero tali...» provo a protestare. Mi basta un'occhiata che mi lancia con l'occhio buono per farmi chiudere la bocca.

«Ragazzo» fa lui riprendendo a sfogliare le foto «non sono abituato a perdere tempo. A me bastano cinque minuti per sapere quante volte al giorno cachi o se ti fai ancora le seghe, non ho certo bisogno di curiosare tra le tue foto. Piuttosto, dimmi quando è stata scattata questa.»

Mi fa vedere una foto scattata in montagna dove Giorgia non sorride all'obiettivo. «È stata fatta il giorno di Pasquetta.»

«E perché avevate litigato?»

Avevamo litigato? Manco mi ricordo. «Boh!»

«Allora, chiariamo le cose: io faccio le domande e tu ti sforzi di rispondere.»

«Senta, non sono venuto qua per essere preso a pesci in faccia.»

«La porta è quella. Se non ti stanno bene i miei modi sei libero di andartene.»

Non appena mi alzo dalla sedia, Gigi mi afferra per la giacca e mi rimette seduto. «Perché non ti dai una calmata e rispondi al maresciallo?»

Ci mancava solo lui. «Non mi ricordo *perché* avevamo discusso. Ultimamente non facevamo altro che litigare per qualsiasi cazzata...»

«Quindi?» chiede il maresciallo Zecca.

Provo a rivivere quella giornata, anche se mi sfugge il perché sia così importante. Eravamo andati a Bussoleno a trascorrere i giorni di Pasqua da sua zia Patrizia. C'erano pure Gigi e sua cugina Rossella, venuta da Gaeta con Bobo, il suo jack russell. Il ricordo del cane mi fa scoccare la scintilla. «Eravamo d'accordo di non fare le bomboniere, ma di fare una donazione a un canile. Poi il giorno di Pasquetta, Giorgia se ne esce con questo pulcinella in ceramica di Capodimonte che aveva visto in un negozio del centro. Le dico di scordarselo perché eravamo già d'accordo per la donazione e lei mi rinfaccia che non avevo badato a spese per il televisore LCD e l'abbonamento a Sky. Non ci ho visto più. Alla fine abbiamo litigato furiosamente e non ci siamo parlati per qualche giorno.»

Il maresciallo posa il cellulare e prende nota. «E poi avete fatto pace?»

«Ho dovuto prenotare centotrenta pulcinella, se non volevo far saltare il matrimonio...»

Lui mi guarda e scuote la testa. «Come ti è venuto in mente di chiedere a quella rompicoglioni di sposarti...»

Pur restando seduto, mi sporgo sulla scrivania per vedere più da vicino le cicatrici dell'investigatore. Lui rimane impassibile. Potrebbero essere state anche le schegge di una granata. Di sicuro non è stato un incidente stradale, perché il cristallo del parabrezza lascia cicatrici ben peggiori. «Posso sapere come ha perso l'occhio?»

Sento la mano di Gigi che mi arresta la circolazione di un braccio.

«Ho fatto una domanda di troppo alla persona sbagliata» mi risponde lui facendomi capire che non è il caso di insistere.

«Il fatto è, maresciallo, che qualsiasi cosa riguardante il matrimonio era diventata motivo di discussione. Ho perso il conto di tutti i litigi. Alla fine eravamo arrivati al compromesso che o si faceva come diceva lei, oppure si faceva come diceva lei.»

Il maresciallo si alza dalla sedia e raggiunge la parete dove sono accatastate le scatole di liquori. Torna indietro con una bottiglia di whisky scozzese. «Volete un goccio?» ci chiede. Entrambi scuotiamo la testa. Lui beve un sorso direttamente dalla bottiglia.

«Mi servono quattro, cinque giorni al massimo e riporto la pecorella a casa. La spesa è di seimila euro più gli extra e scordatevi di avere la fattura.»

«Ah!» faccio io guardando Gigi.

«Non ci sono problemi» risponde lui a denti stretti.

«Bene, mi farò vivo io.»

«Le lascio il mio numero di telefono» gli dico, poiché in tutto questo non ci siamo nemmeno presentati.

«Ho detto che mi farò vivo io» risponde indispettito l'ex sottufficiale dei reparti speciali.

9

Quando siamo bloccati in mezzo alle risaie

Il controllore interrompe il mio racconto perché gli squilla il cellulare. Prima di rispondere si passa il fazzoletto sulla fronte. Mi viene in mente quella di un rinoceronte. Quanto amo gli animali! Avrei dovuto fare l'etologo, almeno avrei imparato da loro come ci si comporta in questa savana di esistenza. Ora non sarei qui a raccontare i fatti miei a uno sconosciuto sudato.

Mentre mi perdo nella savana di questo pensiero, le gocce che colano da sotto il suo berretto mi rimandano al lavandino perché ho bisogno di sciacquarmi il viso. Mi reggo in piedi a fatica, ma la ferita sembra aver smesso di sanguinare. La carta igienica – sempre a patto che non mi provochi un'infezione – ha assolto il suo compito alla perfezione. Il controllore sta parlando del guasto alla linea con qualche superiore che gli comunica delle direttive. Quando posa il cellulare, mi fissa con aria interrogativa.

«Sicuro che non ti stia inventando tutto per non pagare il biglietto?»

«Se vuole mi può perquisire. Le posso assicurare che in tasca ho soltanto qualche moneta.»

«Va bene. Ce la fai a camminare?»

«Credo di sì.»

Lo seguo.

Con il Frecciarossa che ha smesso di ondeggiare è molto più semplice tenere l'equilibrio. Per evitare una sommossa popolare hanno aperto le porte del treno e qualcuno è sceso a fumare o semplicemente a godersi l'ombra, perché la temperatura negli scompartimenti senza aria condizionata è rovente. Nonostante il capotreno abbia appena spiegato dagli altoparlanti che siamo fermi a causa di un guasto alla linea elettrica, ogni quattro passi c'è qualcuno che protesta con il controllore. Tutti si lamentano per la mancanza di aria condizionata e chiedono informazioni sulla natura del guasto, come se poi potessero far qualcosa per ripararlo. Qualcuno alza la voce, altri minacciano denunce, la maggior parte chiede informazioni sul rimborso del biglietto.

Nonostante le proteste, riusciamo comunque ad arrivare alla carrozza bar. Il controllore si fa dare una bottiglia da mezzo litro di Coca-Cola e uno snack al cioccolato dicendo di metterli sul suo conto e me li passa. «Tieni, prendi questi che hai bisogno di un po' di zuccheri.»

In verità avrei preferito dell'acqua fresca, ma forse ha ragione lui, perché mi bastano alcuni sorsi di Coca per riportare la glicemia a livelli decenti. Quindi addento il Mars e mi ritrovo la bocca impastata di torrone, mandorle, caramello e cioccolato al latte. Saranno almeno vent'anni che non tocco un Mars. Da ragazzo ne mangiavo almeno uno al giorno, adesso dopo due morsi tutto quello zucchero quasi mi disgusta. È come se crescendo, proporzionalmente ai dolori vissuti, avessi più bisogno di sale per sanare le ferite.

Quando raggiungiamo la testa del treno non posso dire di sentirmi bene, ma un minimo rigenerato sì. Il controllore mi fa sedere su una poltrona di prima classe e lui si accomoda di fronte a me. Quindi si toglie il berretto e allenta il nodo della cravatta.

«Va meglio?» mi chiede.

«Decisamente.»

«Allora, eravamo rimasti all'investigatore dei reparti speciali. Poi cos'è successo?»

10

Quando decido di aiutare il nemico

Torno a casa con l'intenzione di buttarmi sotto la doccia gelata e restarci per sempre. La chiacchierata con il maresciallo Zecca mi ha fiaccato come se avessi fatto la Parigi-Dakar a piedi, e tutta la sabbia del deserto si fosse insinuata nelle pieghe delle mie certezze. Invece sul pianerottolo incontro per la seconda volta in un giorno Michele Capobianco. Comincia a diventare davvero troppo anche per un tipo paziente come me.

«Ciao Aldo» dice venendomi incontro sulle scale. «Sono venuto per chiederti scusa per stamattina...»

Strano. «Non c'è problema» rispondo cercando le chiavi di casa per sbarazzarmi quanto prima di lui.

«Ho saputo solo adesso che Giorgia è scappata...»

Alla faccia di chi pensa che in città tutti si facciano gli affari loro. Per fortuna ho trovato la chiave nel mazzo al primo colpo.

«Se l'avessi saputo non avrei mai detto quelle cose.»

Tutte quelle scuse cominciano a puzzarmi. Che ci sia sotto qualcosa? «Davvero, non ci pensare. Non è successo niente. Basta che non fai più battute davanti a Gigi, perché quello ti spezza il collo.» Apro la porta e mi congedo dal rompicoglioni. «Se non ti dispiace, adesso avrei da fare.»

«Un'ultima cosa...»

Eccolo.

«Avrei bisogno di un piccolo favore, ovviamente se puoi.»

E ti pareva.

«Riguarda l'appartamento del piano di sopra...»

Davvero non capisco.

«Sono qui perché doveva venire una coppia per vederlo, sembravano anche molto interessati. Solo che mi hanno chiamato cinque minuti fa per avvisarmi che hanno avuto un contrattempo e possono venire soltanto alle diciassette. Ma io a quell'ora sono dall'altra parte della città e la mia segretaria è a letto con la febbre...»

«Quindi non sei tornato per chiedermi scusa?»

«Sì, cioè, anche per quello. Ma poi ho pensato che tu, visto che abiti proprio qui, magari potevi, sempre se non hai altri impegni, ecco, se potevi far vedere l'appartamento al posto mio. Te ne sarei molto grato.»

«Certo che hai proprio una bella faccia tosta.»

«Andiamo, ce l'hai ancora con me per quella storia della mansarda?»

«Il quattro per cento di trecentomila euro fa dodicimila buoni motivi per avercela con te, non ti pare? E poi non sono io ad avercela con te, ma Gigi. Quindi ti conviene sempre guardarti le spalle perché è di origine calabrese ed è piuttosto vendicativo, oltre che manesco.»

«Ti giuro che non sapevo del mandato... Non l'avrei mai fatto.»

Ovviamente ho prove a sufficienza per sbattergli la porta in faccia. Ma poi mi viene un'idea migliore. Riapro la porta e lo trovo ancora sul pianerottolo.

«Dai, dammi le chiavi che ci penso io.»

«Davvero lo faresti?»

«Basta che non lo venga a sapere Gigi, altrimenti ammazza anche me.»

«Ecco, queste sono le chiavi e questa è la scheda tecnica dell'appartamento. Lui si chiama Giovanni Vitiello, dall'accento mi sembrava delle tue parti.»

«Di sicuro non è un cognome trentino.»

Finalmente mi chiudo dentro la doccia e ci rimango fino a quando non si raggrinziscono i polpastrelli. La cosa mi riporta ancora una volta a quel mare lercio, dove mia mamma dalla riva mi urlava di uscire dall'acqua... Una lacrima di malinconia si mischia a quell'acquoso ricordo. Mi piace pensare che in quella lacrima ci sia un credito accumulato nei confronti dell'universo, e che ora devono capitarmi solo eventi positivi. Esco dal box, scivolo e sbatto il mignolo del piede destro sulla base di un mobiletto. Tuttavia quando il dolore acuto si placa con l'ausilio di qualche imprecazione, l'acqua sembra aver trascinato nello scarico sudore, stanchezza, orgoglio e bagnoschiuma. Poi mi spaparanzo sul divano e mentre Mister Bean viene a sdraiarsi sul mio petto, ripenso a Giorgia. A quando la rividi a distanza di anni...

11

Quando sognavo l'azzurro e invece il destino mi cambia colore

Per quanto possa sembrare uno strano scherzo del destino, nella mia carriera da calciatore professionista ho indossato un colore soltanto: ossia la maglia granata di Reggiana, Salernitana e Torino. Qualcuno pensa che fare il calciatore sia una bella vita – cosa indubbiamente vera – ma non sempre le cose stanno così. Soprattutto quando calpesti campi di provincia e gli avversari più che al pallone, giocano alla guerra. Soprattutto quando gli allenamenti invernali sembrano più un percorso da marines, tra fango, pozzanghere profonde mezzo metro e l'acqua putrida che ti si gela addosso. Tra le urla del mister che da sempre sbaglia il tuo cognome. Soprattutto quando i tuoi interlocutori hanno un vocabolario di sette parole comprese tra vaffanculo, stronzo, cazzo, zoccola di tua madre. Dove «di» e «tua», valgono come vocaboli conosciuti.

Il primo anno con la Reggiana lo trascorro quasi tutto aggregato alla squadra Primavera – sto parlando della stagione 1990/91, dove colleziono 27 presenze e 5 goal, mentre vengo convocato in prima squadra soltanto dieci volte, rimanendo però sempre seduto in panchina per un totale di 0 presenze e, ovviamente, 0 goal. Il campionato di serie B viene vinto dal Foggia dei miracoli di Zeman, mentre noi arriviamo settimi a soli 3 punti dal quarto posto che ci avrebbe garantito la promozione in serie A.

All'apertura del calcio mercato della stagione seguente, Napoli e Reggiana rinnovano la comproprietà del mio cartellino, per cui rimango un altro anno in maglia granata. Più o meno negli stessi giorni riesco a diplomarmi come privatista – con 43/60,* nonostante la prova scritta di ragioneria – poiché gli impegni professionistici non mi consentono di poter seguire le lezioni come uno studente qualsiasi. Oltre alla maturità, sempre nello stesso mese riesco a superare anche l'esame di guida – che allo stato dei fatti è anche il mio ultimo esame sostenuto e che tale è destinato a restare, esclusi gli esami del sangue.

Nemmeno il tempo di festeggiare il diploma e la patente, che nella buca delle lettere trovo una cartolina da parte di quei simpaticoni del ministero della Difesa che m'invitano a trascorrere – coattivamente, s'intende – un anno presso una loro struttura militare. Così, invece di partire come ogni anno per Gaeta, il 30 giugno vengo aggregato al 72° Reggimento fanteria «Puglie», nella caserma Turinetto di Albenga. Dopo quaranta giorni di C.A.R.,** grazie al fatto che sono un calciatore professionista vengo mandato in una caserma di Reggio Emilia, dove, tutto sommato, rientro solo per dormire.

Per quanto riguarda la mia storia con Simona Franchi non c'è tanto da raccontare, visto che dopo due mesi in cui c'eravamo sentiti solo per telefono, mi aveva comunicato che intendeva trasferirsi a Milano per cercare di lavorare nel

* Ancora i punteggi della maturità erano assegnati in sessantesimi, invece che in centesimi come accade oggi.

** Centro Addestramento Reclute, e qui solo chi ha fatto il militare mi può capire.

mondo dello spettacolo e che per questo preferiva non avere legami sentimentali. Che in parole povere significava poter avere la libertà di troieggiare in giro. A ogni modo, la rivedo un anno dopo in tv vestita – per modo di dire – con un costume da papera che sculetta al ritmo del *Ballo del qua qua*. Oltre al fatto di aver giocato con Maradona, adesso mi posso vantare con i miei compagni di camerata di essermi fatto una di quelle paperette, mostrando come prova la foto che ho con lei sulla barca di Silvano.

Tornando alla mia carriera calcistica – ammesso che interessi a qualcuno – prosegue con la convocazione in pianta stabile in prima squadra, sempre in panchina. La Reggiana vuole puntare alla serie A. Ma dopo aver chiuso al secondo posto il girone di andata, la squadra crolla miseramente e anche questo campionato lo chiudiamo al settimo posto. Io esordisco in serie B il 20 ottobre 1991 nel derby contro il Modena che vinciamo per 3-1. In tutto colleziono 4 presenze, 0 goal e la rottura del legamento collaterale mediano del ginocchio destro che mi fa finire il campionato con cinque mesi di anticipo.

L'anno seguente rimango ancora con la Reggiana, ma la stagione è un autentico calvario perché il ginocchio non intende guarire e nemmeno la «*rotula di scorta*» mi è di aiuto. Non mi resta che prenderla con ironia perché mi trascino un'infiammazione che non mi consente nemmeno di correre, figuriamoci di calciare il pallone. In totale colleziono: 0 presenze e 0 goal. Ma la Reggiana stravince il campionato e viene promossa in serie A.

Nonostante l'anno d'inattività, sono ancora una giovane promessa. Per questo la Reggiana decide di riscattare l'altro cinquanta per cento del mio cartellino dal Napoli che, considerata l'entità dell'infortunio, lo cede quasi gratis. Adesso che sono al cento per cento un giocatore della Reggiana – vedendo svanire così il mio sogno di giocare in azzurro Napoli – la società pensa bene di mandarmi a fare le ossa in serie C1, girando il cinquanta per cento del mio cartellino appena riscattato alla Salernitana. La mia carriera sta facendo come i gamberi, ma almeno mi sono avvicinato a casa.

Grazie alle cure del dottor Ronconi, il ginocchio riprende a funzionare a dovere. Con la maglia – sempre granata – della Salernitana colleziono 16 presenze e 3 goal, che contribuiscono a farci raggiungere i play-off promozione, vinti poi con uno storico 3-1 rifilato alla Juve Stabia proprio sul terreno di gioco del San Paolo di Napoli.

Dopo un solo anno nell'inferno della C1, torno a giocare nel purgatorio della serie B, in attesa di raggiungere anch'io il paradiso. Intanto la Reggiana è riuscita a restare in serie A per un punto e, valutandomi ancora troppo giovane per la massima serie, cede definitivamente la metà del mio cartellino alla Salernitana.

Con la Salernitana gioco due campionati di seguito nei quali arriviamo sempre quinti – stagioni 1994/95 e 1995/96, con 49 presenze e 12 goal. Qualche grossa società comincia a chiedere informazioni sul mio conto.

Il 30 giugno del 1996, mentre sono in vacanza a Forte dei Marmi e scopo dalla mattina alla sera con un'infinità di donne diverse – ben altra cosa rispetto alle vacanze caste di Gaeta – mi telefona mio padre per dirmi di raggiungerlo subito a Milano nella sede del calciomercato. Non avendo un procuratore, è lui che cura i miei interessi calcistici. In gran segreto m'informa che il Torino, appena retrocesso in serie B, sta cercando un'ala destra.

Il Toro ha fatto comunque la storia del calcio italiano e a me non sembra vero di poter giocare con quella maglia. Inoltre, riflessione non secondaria, Torino è anche la città di Giorgia, per questo, nonostante siano anni che non ho più sue notizie, mi precipito in macchina e tre ore dopo sono davanti ai dirigenti del Toro.

Se da quando sono andato via dal Napoli ho giocato solo con squadre che vestono di granata, allora è destino che quel colore deve in qualche modo portarmi da Giorgia. O almeno così penso, mentre firmo il mio ultimo contratto da professionista.

12
Quando cominciano a galleggiare le prime verità

Lei: fisico da contorsionista, altezza da fantino, capelli biondo cenere raccolti in un pratico codino sulla nuca, occhi castani vispi, faccetta appuntita come quella di una mangusta, vestitino beige stile centro commerciale, sulla quarantina portati male. Lui: faccia tonda da koala, altezza da giocatore di basket, spalle curve rassegnate al peggio, sguardo inespressivo perso nel vuoto, alitosi da gastrite, sui trentacinque anni, anche se ne dimostra settanta.

Si presentano all'appuntamento con dieci minuti di ritardo, a bordo di un Suv nuovo di zecca. Li osservo con attenzione dalla finestra della cucina e aspetto altri cinque minuti prima di scendere. Nel frattempo faccio un salto nell'appartamento di sopra per sistemarlo *come* dico io.

Scendo e mi presento.

Lei, subito acida e pretenziosa: «Certo che è un po' fuori mano questo quartiere... E poi non c'è nemmeno un negozio nei paraggi».

Lui: «...».

Io: «C'è un bar a cinquecento metri, ma per fare la spesa bisogna prendere la macchina».

Lei: «Questo sull'annuncio non c'era scritto».

Lui: «...».

Io: «In effetti è un po' fuorimano. Pensi che per arrivare

in centro bisogna cambiare tre autobus. E la zona è piena di extracomunitari».

La donna lancia un'occhiataccia al compagno, quasi che fosse colpa sua. Anche se non sono ancora sposati, le gerarchie sono già belle definite. Li accompagno a fare il tour dell'appartamento mettendo in evidenza tutti gli aspetti negativi dell'appartamento, ossia come un qualsiasi agente immobiliare onesto dovrebbe fare. Poi, è chiaro, ci metto qualcosa di mio per svalutare l'immobile.

Io: «E questo è il bagno. È stato ristrutturato subito dopo l'incidente...».

Lei, improvvisamente inquieta: «Quale incidente?».

Io, fingendomi sorpreso: «Ma come, non sapete nulla?».

Lei, insofferente: «Si può sapere di quale incidente parla?».

Lui: «...».

Io, facendo quello che non sa se è il caso di continuare: «Ma, niente...».

Lei, impuntandosi: «Me ne vado via subito se non mi dice cos'è successo!».

Io, rassegnato: «Be', tanto prima o poi lo verrebbe a sapere comunque...».

Lei: «Sapere cosa?».

Io: «L'inquilina che abitava qui... S'è suicidata tagliandosi i polsi nella vasca da bagno. Per questo il proprietario ha fatto mettere la doccia».

Lei, con gli occhi fuori dalle orbite: «...».

Lui, con aria assente: «...».

Apro le ante di plexiglass del box doccia guardando verso di loro. Loro invece guardano dentro la doccia, dove in precedenza ho liberato Mister Bean. Lei grida come se avesse visto un fantasma e non un simpatico roditore; quindi scappa giù per le scale facendo affacciare tutto il condominio. Smette di urlare soltanto quando il marito le apre lo sportello e la fa salire in macchina.

Mi è sembrato davvero il minimo che potevo fare per Michele Capobianco. A ogni modo, lascio Mister Bean libero di scacazzare in giro per casa, in modo da rendere ancora più problematico riuscire ad affittare l'appartamento.

Dopo aver lasciato tutta notte Mister Bean libero di scorazzare nell'appartamento al piano di sopra, la mattina seguente non sono ancora salito a riprenderlo quando suonano alla porta. Strano. Non aspetto nessuno alle dieci del mattino. Potrebbe essere Gigi con delle novità da parte dell'investigatore.

Invece mi trovo di fronte Michele Capobianco tutto sorridente. Chissà che motivo avrà per essere così felice.

«Buongiorno Aldo, ti volevo ancora ringraziare per ieri...»

Forse mi vuole sfottere. È incazzato ma non vuole darlo a vedere. «Non c'è problema, figurati...»

«Sei stato comunque gentile, anche se quei clienti non si sono fatti più sentire.»

«In effetti non mi sembravano molto convinti; lei poi era una gran rompicoglioni!»

«Sì, vero, anche al telefono faceva la pignola. Comunque non importa: ieri sera mi ha confermato l'appartamento una ragazza che l'aveva visto la settimana scorsa. Ha anche già firmato il contratto. La sto giusto accompagnando a prendere possesso della casa.»

Ah! «Mi fa piacere per te.»

«Avrei bisogno della copia delle chiavi» dice Michele

mentre sul pianerottolo passa una ragazza sui trent'anni con una trasportina per gatti in mano.

«È lei la nuova inquilina?» gli chiedo.

Michele si volta e rimane a guardarle il culo mentre sale la rampa di scale che la porta al piano di sopra. «Ti è andata bene, amico: hai visto che pezzo di figa?»

«Già.» In realtà non ho staccato gli occhi dalla coda nera del gatto che spunta dalla gabbia. Merda.

«E quindi?»

«Quindi cosa?»

«Le chiavi...»

«Ah, certo. Aspettami qua.»

Cazzo, cazzo, e ancora cazzo! E adesso come faccio? Non posso dargli le chiavi, almeno non prima di aver recuperato Mister Bean. Sempre ammesso che sopravviva al gatto!

Devo prendere tempo.

«Guarda, non riesco a trovarle» gli dico tornando alla porta, dopo che per un po' ho finto di rovistare nei cassetti. «Devo averle appoggiate da qualche parte ma adesso non ho proprio idea di dove cercarle. Tu hai una copia in più?»

«Sì, ma...»

«Senti, adesso vado di fretta perché ho un appuntamento, ma ti prometto che appena torno le cerco con calma e le porto direttamente io alla nuova inquilina. Così ho anche una scusa per conoscerla» gli dico uscendo di casa in tutta fretta.

Michele non sembra molto convinto, ma non può fare diversamente. Del resto la colpa è sua se ha lasciato le chiavi dell'appartamento in giro. Che se la sbrighi da solo.

«D'accordo...» mi dice mentre me la svigno giù per le scale, perché devo correre a fare subito una copia delle chiavi.

*

Non faccio nemmeno in tempo a uscire dal cancello con la Smart, che la Mercedes SSK guidata da Gigi mi taglia la strada. «Sali in macchina» mi fa.

Cinque centimetri e lo prendo in pieno sulla fiancata. Non mi aspettavo una mattinata così movimentata. «Ho un impegno» gli rispondo facendo retromarcia.

«Ho detto di salire.»

Accosto la macchina e salgo sulla Mercedes. «Ma non dovevi riconsegnarla ieri pomeriggio?»

«Ti ho detto che era chiuso per lutto?»

«Sì, ma sabato scorso...»

«Be', sarà difficile che riapra. Il tizio del noleggio ha tirato le cuoia.»

«Porca puttana! Ma se venerdì pomeriggio stava una meraviglia! Sicuro che sia morto lui?»

«Assolutamente. Me l'ha confermato il barista di fronte. Sessantadue anni.»

«E quindi che succede con la macchina?»

«Boh! Gliela riporterò appena riaprono. Sempre ammesso che riaprano. Nel frattempo è un peccato tenerla parcheggiata sotto casa, non trovi?»

«Non mi faranno pagare i chilometri, spero.»

«Credo proprio di no. Queste auto si noleggiano a giornata, non a chilometri.»

«Adesso mi vuoi dire dove siamo diretti?»

«Mi ha chiamato il maresciallo Zecca: ha detto che ha delle novità per noi.»

Il solo pensiero di avere notizie di Giorgia mi provoca ondate di malumore. «Mi togli una curiosità? Dove ti ha chiamato?»

«Sul cellulare.»

«Però tu non gli hai dato il numero...»

«Se è per questo non gli ho detto nemmeno come mi chiamo.»

«E siamo andati da lui con questa macchina, per cui non è certo risalito a noi grazie al numero di targa... Come avrà fatto?»

Raggiungiamo lo spiazzo di una grande area industriale alle spalle di corso Allamano. Siamo nella periferia sudovest di Torino, all'interno del comune di Grugliasco, circondati da capannoni industriali bianchi che si distinguono solo per le insegne. Ci guardiamo perplessi attorno: ci sono una falegnameria, un centro per uffici, un concessionario Renault, un bar tavola calda con i tavolini all'aperto e, dall'altra parte della strada, un motel e una fabbrica di lampadari. Nessuno dei due ha la più pallida idea del perché ci troviamo lì.

«Sei sicuro che il posto sia questo?»

«Così ha detto.»

Aspettiamo qualche minuto sbirciando negli abitacoli delle tante macchine parcheggiate per vedere di trovare il maresciallo Zecca quando mi squilla il cellulare. Numero sconosciuto. Guardo Gigi, poi rispondo.

«Una macchina meno appariscente non potevate trovarla, eh?» Riconosco subito la voce.

«Siamo qui» dico, accorgendomi in ritardo che la cosa è alquanto ovvia.

«Lo so. Vi vedo» risponde infatti il maresciallo Zecca. Odio fare la figura dell'imbecille. «Lasciate quel carrozzone parcheggiato lì e venite a piedi in fondo al piazzale. Sono dentro il furgone bianco.» E chiude.

Mi guardo attorno e vedo un Fiat Ducato con i vetri oscurati. «Ha detto di lasciare la macchina qui e di raggiungerlo a piedi al furgone» dico a Gigi scendendo dalla macchina. «Gli hai dato tu il mio numero?»

«Certo che no.»

«Bene! Molto Bene!»

All'interno del Ducato non sembra esserci nessuno. Su entrambe le fiancate e sul portellone posteriore c'è un grosso adesivo con scritto in rosso: CLIONET DERATTIZZAZIONI, con tanto di numero di cellulare e immagine di un ratto stecchito a pancia in su e lingua di fuori. Al secondo giro che facciamo attorno al furgone, il maresciallo Zecca s'affaccia dal portellone laterale e ci rimprovera come due ritardati: «Cosa aspettate a salire, l'arcangelo Gabriele?».

Cominciano a girarmi le palle. Non è certo colpa mia se ho fatto il militare nel gruppo sportivo dell'esercito, invece che nei reparti speciali. A ogni modo, saliamo sul sedile anteriore; io al posto di guida, Gigi al lato passeggero. Lui rimane seduto all'interno, davanti a quella che a prima vista sembra la postazione di una regia mobile, con tutta una fila di piccoli monitor di controllo e consolle per il mixer audio e video. Sullo schermo da 27 pollici di un iMac, scorrono le immagini di un film porno. A differenza del suo ufficio, dove l'oggetto tecnologicamente più avanzato è la maniglia della porta, il furgone ha una strumentazione da far impallidire la Cia. Ci fa segno di restare in silenzio e rimane concentrato sul pornazzo, dove una bionda, ripresa di spalle e dall'alto, sta a smorzacandela sopra un uomo del quale si intravedono solo le gambe. Non è granché come film, poiché l'inquadratura è statica, mancano i dettagli, le immagini sono sgranate e di bassa qualità e non c'è montaggio. Poi capisco che non si tratta di un film, ma delle immagini in diretta di una telecamera a circuito chiuso, nascosta con ogni probabilità in una stanza del motel di fronte. E quella bionda potrebbe benissimo essere Giorgia. Sento lo stomaco che si contrae. Le gambe che mi si fanno fredde. La vista che si annebbia. E il mio corpo avrebbe continuato a disgregarsi, se l'investigatore non avesse interrotto il processo di autodistruzione con tono trionfante: «Lui è un docente di antropologia culturale. Cinquantaquattro anni, sposato con tre figli. La moglie è venuta da me due giorni fa perché aveva il sospetto che la tradisse. Ci ho messo un giorno a beccarlo e uno per incastrarlo. Se la fa con una giovane assistente della sua cattedra».

Sentendo quelle parole torno a guardare in direzione dello schermo. Ora i due hanno cambiato posizione: lei è carponi sul letto, mentre il professore la prende da dietro e ci dà dentro di brutto. L'assistente, a testa in giù, non si riesce ancora a vedere bene in viso, ma osservando meglio le gambe mi accorgo che ha un tatuaggio sulla caviglia destra. Tiro un sospiro di sollievo. La pressione sanguigna torna nella norma e il battito cardiaco rallenta a ritmi umani.

«Adesso sto registrando un bel dvd che domani consegnerò alla mia cliente. Con queste immagini lo spennerà vivo.»

«Ci ha fatto venire qua per questo?» chiedo piuttosto irritato.

«No. Ho bisogno di avere alcune informazioni.»

«Di che si tratta?»

«Martedì 28 giugno, ossia quindici giorni fa, tu e Giorgia siete andati al ristorante insieme, giusto?»

«Come fa a saperlo? E come fa a conoscere il mio numero di telefono?»

«Giovanotto, qui le domande le faccio io, chiaro?»

Per la prima volta da quando siamo entrati nel furgone, Gigi distoglie lo sguardo dal monitor del computer e mi guarda con aria truce. La stessa cosa fa anche il maresciallo Zecca, fissandomi con il suo unico occhio buono. Non mi piace la piega che sta prendendo la discussione. Sembro io quello che vuole ostacolare le indagini, mentre sono soltanto preoccupato della mia privacy. «Non mi piacciono questi metodi da Kgb!»

Lui si gratta la guancia sinistra, quasi che le cicatrici che gli segnano quella parte di viso gli prudessero terribilmente. Poi si sistema la stringa di cuoio che gli copre l'occhio mancante. «Allora siete liberissimi di cercarvi un altro investigatore» mi dice dopo che si è calmato.

«Andiamocene» dico aprendo la portiera del furgone.

Gigi mi afferra per il colletto, impedendomi di scendere. «Perché non rispondi al maresciallo? Cosa stai nascondendo?»

«Non ho niente da nascondere, okay? Sì, siamo stati in pizzeria, e allora?»

Lui sembra soddisfatto di avere Gigi dalla sua parte. Mi guarda con disprezzo, manco fossi l'ultimo dei coglioni. «Volevo sapere come mai Giorgia è andata via dal locale mezzora prima di te. Non mi sembra una cosa normale...»

«Abbiamo litigato!»

«Tanto per cambiare...» fa Gigi scuotendo la testa.

«Il motivo?»

Adesso ne ho davvero abbastanza. «Senti un po', James Bond di Nichelino*» gli dico passando anch'io al tu. «In che lingua te lo devo dire che litigavamo una sera sì e l'altra pure?»

«Al punto da fare tornare Giorgia a casa da sola in taxi?»

* Comune a sud della cintura di Torino.

«Abbiamo discusso perché voleva che mi trovassi un lavoro...»

«Ma tu già lavori per me» dice Gigi visibilmente sorpreso.

«Anche se sto spesso in agenzia, non sono un tuo dipendente.»

«Cioè? Vuoi che ti assuma? Che ti paghi i contributi? È questo il tuo problema?»

«Io non ho nessun problema! Non sono io a volerlo, Gigi. Ma quella spaccapalle di tua sorella. E poi fino a quando si tratta di andare a fare qualche appuntamento lo faccio con piacere, ma io non ho nessuna intenzione di fare l'agente immobiliare!»

«Perché, cos'hai contro questo lavoro? Non ti pago abbastanza?»

Ma perché mi sono infognato in questa discussione? «Non è questo il punto» rispondo sconfortato. «Dei soldi non me ne frega niente. Posso permettermi ancora di vivere di rendita per qualche anno. Ma a Giorgia questo non va bene, perché quando le amiche le chiedono cosa faccio, lei non sa cosa rispondere. Ma posso mai cercarmi un lavoro per risolvere un suo problema di approvazione sociale? La verità è che fino a quando giocavo, tua sorella poteva vantarsi di essere la ragazza di Aldo Russo, veniva invitata a qualsiasi cagata organizzavano in città ed era sempre sulla bocca della Torino bene. Ma da quando sono diventato un ex calciatore e nessuno ormai si ricorda di me, a lei non la invitano più da nessuna parte e per strada nessuno la riconosce, perciò Giorgia sta cercando di fare il possibile affinché io mi trovi un lavoro di prestigio che la possa far sentire ancora importante e chiacchierata.»

Gigi mi fissa senza parlare; la faccia una maschera imperscrutabile.

«Se non te ne ho parlato è perché non ti volevo ferire.

Perché Giorgia è pur sempre tua sorella. Ma, credimi, sa essere davvero stronza quando ci si mette...»

«E con tutti questi casini vi volevate pure sposare?» chiede l'investigatore.

«Adesso si mette a fare pure lo psicologo?»

«Devo esserlo per forza, se devo ritrovare le persone. A ogni modo, dopo questo litigio non vi siete parlati per tre giorni, giusto?»

Faccio i miei calcoli. Corrisponde. «Come diavolo fa a saperlo?»

«Niente di più semplice. Mi è bastato avere i vostri tabulati telefonici e vedere che da martedì sera a venerdì mattina non c'è stata nemmeno una telefonata. Poi la mattina di venerdì avete dovuto far pace per forza perché vi siete sposati in Comune. La notte avete dormito insieme, nella nuova casa. Lo so perché oltre ai tabulati mi sono fatto dare anche le celle agganciate dai vostri due cellulari.» Lo dice come se fosse la cosa più ovvia del mondo.

«Ma è illegale!»

«Non se si hanno le conoscenze che ho io. E poi credi che i soldi che vi ho chiesto siano tutti per me? Le informazioni sul mercato nero costano care...»

All'improvviso mi sento completamente indifeso. Questo pazzo furioso si può permettere di avere qualsiasi informazione sul mio conto, anche la più riservata, e andarsene in giro indisturbato.

«Quindi sai anche dove si trova mia sorella?» gli chiede Gigi, che delle mie preoccupazioni se ne sbatte altamente.

«No, perché da quando è scappata non ha ancora acceso il cellulare. Non appena lo farà vi dirò con precisione millimetrica dove si nasconde.»

Questa storia non promette nulla di buono.

«A ogni modo, non è per questo che vi ho fatto venire.»

Oh mamma mia!

«È successo qualcosa la settimana del matrimonio. Qualcosa che è bene sappiate entrambi... Sempre grazie ai tabulati, è venuto fuori che da domenica 3 giugno e fino a venerdì 8, quando poi ha spento il cellulare, Giorgia ha cominciato a sentirsi con un numero di telefono che non aveva mai chiamato prima. Un numero che ha *conosciuto* il sabato precedente, da quanto ne deduco. Potrebbe essere un nuovo *amico*... A voi risulta qualcosa?»

Ho un nodo gordiano in gola che non si scioglie e quasi mi impedisce di parlare. «Non che io sappia...»

«Sabato sera Giorgia è andata con le amiche a festeggiare l'addio al nubilato...»

«Sì, lo so. Domani stesso andrò a parlare col proprietario del locale. C'è un'ultima cosa...»

Adesso vomito.

«Giorgia non s'è solo *sentita*, con questo nuovo numero... I loro telefonini, ecco, come dire, hanno agganciato la stessa cella sei volte in sei giorni, sempre nello stesso punto. E questo punto corrisponde a un albergo... Per due notti di seguito, Giorgia ha dormito con questa persona.»

«Okay, il concetto è chiaro» dico scendendo dal Ducato. Ho bisogno di reggermi alla maniglia per stare in piedi.

Gigi rimane nel furgone altri dieci minuti, mentre io cammino avanti e indietro nel piazzale senza un perché, trascinando i piedi, con gli occhi sgranati a fissare il vuoto e la bocca semiaperta.

13
Quando il treno riprende la corsa

Il controllore mi scatta una foto senza che io gli abbia dato il permesso. Mi limito a guardarlo con aria interrogativa, perché non sono nella posizione di protestare o dirgli che non si deve permettere. È incredibile come la gente se ne sbatta dei diritti civili altrui quando si ritrova tra le mani un minimo di potere.

«Ho un amico che è un grande tifoso del Toro» mi spiega. «Adesso gli mando un mms: se ti riconosce vuol dire che non mi stai raccontando balle.»

Mi sembra una buona idea, almeno evito di raccontargli il resto. Spero che il suo amico abbia una buona memoria, perché sono passati più di dieci anni. E sicuramente con la faccia che devo avere ora, sfido anche il tenente Colombo a riconoscermi.

«Mi sembra un tipo molto in gamba, questo maresciallo Zecca» mi dice il controllore dopo che ha premuto il tasto invio.

«Dipende dai punti di vista... Di sicuro è uno che non si fa tanti scrupoli e che, probabilmente grazie alle sue conoscenze, può permettersi di accedere a qualsiasi tipo d'informazione. Certo che così sono bravi tutti a fare le indagini.»

«Non che i magistrati facciano diversamente. Oggi i poliziotti non fanno altro che ascoltare telefonate.»

«Non mi sembra una gran cosa.»

«Be', a quanto pare funziona, a leggere i giornali. Guarda quanti scandali sono venuti fuori grazie alle intercettazioni. E quello che combinano i politici con le donne...»

«E c'era bisogno delle intercettazioni per scoprirlo? Bastava accendere la tv e vedere le cagne che ci lavorano...» Chissà perché ripenso a Simona Franchi, anche se dopo la paperetta non ha fatto altro.

«Io comunque sono del parere che se uno non ha niente da nascondere, gli importa poco di essere intercettato... Se fosse per me metterei telecamere a ogni incrocio, altro che privacy!»

Sono convinto che se qualcuno andasse a frugare nella sua vita privata cambierebbe subito idea, ma preferisco tacere. Non mi va di discutere di privacy con uno che ti scatta una foto senza nemmeno chiederti il permesso. E poi, come dicono dalle mie parti, *a lavà 'a capa 'o ciuccio se perde o' tiemp' l'acqua e 'o sapone.**

La discussione è interrotta all'improvviso dalla voce del capotreno che dall'altoparlante annuncia la risoluzione del guasto e invita i passeggeri scesi dal treno a risalire a bordo.

«Quanto siamo stati fermi?» chiedo al controllore, avendo perso del tutto la cognizione del tempo.

«Circa un'ora e dieci.»

Il treno richiude le porte, mentre dal soffitto riprende a scendere come per magia un soffio salvifico di aria condizionata. Un trillo di suoneria annuncia l'arrivo di un messaggio. Il controllore tira fuori dalla tasca della giacca il cellulare.

«È il mio amico tifoso del Toro; vediamo cosa mi risponde.»

* A lavare la testa all'asino si spreca tempo acqua e sapone. Ossia far cambiare idea a una persona ottusa è una perdita di tempo.

Incrocio le dita. La mia credibilità appesa alla memoria di un tifoso di calcio. Se non si dovesse ricordare di me, sono certo che il controllore chiamerebbe subito la polizia ferroviaria.

«Il mio amico si ricorda di te. Ha scritto che eri un buon giocatore, ma che sei stato molto sfortunato.»

E ti pareva. «Posso ritenermi libero, ora?»

«Non vorrai certo lasciarmi così? Manca quasi un'ora per Milano, hai tutto il tempo per finire la tua storia. Ricorda che ti sto facendo viaggiare senza biglietto.»

Tiro fuori dallo scrigno della mia autoconservazione la maschera del cantastorie e continuo. Sorridendo all'incontrastata potenza di un pallone.

14
Quando faccio la conoscenza della mia nuova vicina

Subito dopo l'incontro ravvicinato col maresciallo Zecca, Gigi mi trascina all'allenamento. I compagni di squadra mi accolgono come se non fosse successo niente e si guardano bene dall'affrontare l'argomento Giorgia. Il campo da gioco mi libera la mente da tutti i cattivi pensieri. Anche se ho le gambe molli e sono reattivo come un gatto di marmo, l'adrenalina che si respira per la finale scudetto è sufficiente per farmi fare due goal nella partitella a ranghi ridotti. Gigi, che allena il Chieri da cinque anni, ci fa provare fino alla nausea gli schemi di gioco. Intende affrontare la sfida col Venezia con un 4-3-3, nel quale dovrei giocare come esterno destro d'attacco. Soltanto respirando l'aria dello spogliatoio, capisco che non posso lasciare i compagni soli in questo momento. E poi è la mia ultima partita: dopo la finale appenderò per sempre le scarpe al chiodo.

Prima di lasciarmi a casa, chiedo a Gigi di fermarsi in una ferramenta dove faccio una copia della chiave che devo restituire: ho ancora la questione di Mister Bean da risolvere prima che sia troppo tardi.

La mia nuova vicina è davvero notevole, anche se indossa una salopette blu da operaio, ha i capelli raccolti sotto una bandana ed è tutta schizzata di pittura. Sul viso acqua e sapone spiccano due occhi verdi che la giada a confronto è grigia. Mi apre la porta con un sorriso che mi fa scordare il motivo stesso per cui ho bussato.

«Tu devi essere Aldo, giusto?»

Annuisco cercando di competere col suo sorriso. Sia ben chiaro che nemmeno io scherzo.

«Il tuo collega mi ha detto che saresti passato a portarmi le chiavi di casa.»

Ah, giusto, le chiavi! «Non è un mio collega, ringraziando Dio.»

Lei non capisce. «Non sei qui per le chiavi?»

Sto complicando una situazione semplice semplice. «Sì, eccole.» Le consegno però la copia che ho appena fatto, giusto per essere sicuro di avere la chiave che funziona. Per fortuna lei mi fa segno di entrare.

«Vieni, avevo giusto bisogno di una mano. Quindi non sei un agente immobiliare?»

Facciamo una gimcana tra gli scatoloni e arriviamo nel soggiorno. A giudicare dalle cose che ha portato sembra intenzionata a fermarsi qui per un bel pezzo. «Un mio amico ha un'agenzia e di tanto in tanto gli do una mano.» Ho chiamato Gigi *amico* e non *cognato*, quando in genere dico il contrario. Che vorrà dire? Senza contare che ho mentito spudoratamente con quel *di tanto in tanto*, visto che passo più tempo in agenzia che a casa.

«Volevo pulire dietro questo mobile, ma da sola non riesco a spostarlo.»

Il mobile in questione è una pesantissima parete attrezzata in legno massello che non riuscirebbe a spostare nemmeno un pilone di una squadra di rugby. Al massimo ci vorrebbe Gigi quand'è incazzato nero. Vorrei tanto poterle dire che un po' di polvere dietro un mobile non ha mai ucciso nessuno.

«Ci posso provare.» A parlare è il mio orgoglio, che ragiona sotto l'influenza degli ormoni e il buonsenso non sa nemmeno cosa sia. Quantomeno è stato modesto.

«E quindi di cosa ti occupi?»

Ecco la domanda che mandava tanto in crisi Giorgia. «Mi godo la pensione.» Il che è vero. Intanto faccio due esercizi di stretching per non rischiare uno strappo alla schiena proprio alla vigilia della finale. Lei mi guarda perplessa.

«Non hai l'aria da pensionato...»

«È una storia lunga» rispondo tenendomi sul vago. Un po' di mistero ci vuole. Giusto il tempo di finire due allungamenti. «Sono un ex calciatore.»

«Ahh» fa lei. «Non mi sembra molto lunga come storia.»

Questo lo credi tu, penso mentre le squilla il cellulare. Per un attimo credo sia il mio, poiché abbiamo la stessa suoneria e lo stesso modello di iPhone. Avendo soltanto poche suonerie di default decenti, è una cosa che capita spesso. Infatti abbiamo entrambi scelto la papera. Già un primo punto in comune. Ma subito mi salta in mente che come animale da compagnia io ho scelto un topo... e lei... un gatto! Lei si scusa con un sorriso e risponde a una certa Teresa, con la quale si mette d'accordo su un regalo da fare a un'amica e dove vedersi quella sera. Io mi concentro sul mobile, ricavando la certezza che non riuscirò mai a spostarlo.

«E hai giocato in squadre importanti?» mi chiede appena chiude la telefonata.

«Be', ho vinto uno scudetto con il Napoli di Maradona...» Cioè, ho giocato solo dieci minuti in quella squadra, più per una faida interna allo spogliatoio che per meriti sportivi, ma chi non si sarebbe vantato? «E poi ho giocato anche con il Torino. È per questo che sono qua.» Detta così sembra una gran carriera.

Lei mi guarda sospettosa. So quello che sta pensando: o sono un contaballe, oppure qualcuno di importante che non ha riconosciuto. Né l'una, né l'altra cosa.

Un gatto nero grosso quanto una pantera fa capolino dalla porta e si siede sul pavimento mantenendosi a una certa distanza. Mi guarda con diffidenza mentre si lecca i baffi. Cazzo, cazzo, e ancora cazzo! «Attila! Dove sei stato?» dice lei prendendo il felino in braccio.

Oh mio Dio! Spero di aver capito male. «Come l'hai chiamato?»

«Attila. Ti piace come nome?»

Povero Mister Bean.

«Suona un po' sinistro...»

«Già. Fin da piccolo è stato un gran cacciatore. Nella vecchia casa avevo un giardino e ogni giorno rientrava lasciandomi sul pavimento un trofeo diverso: un geco, una lucertola, un uccellino e una volta persino un topo ancora mezzo vivo. Non sai che orrore.»

«Ecco non dirmelo.»

«Tu hai animali?»

Una volta sì, ma mi sa che sono appena rimasto orfano. Comunque non mi va di raccontarle che ho – *avevo?* – un topo. «No, ringraziando Dio.»

«Sei un fervente cattolico?» mi chiede senza smettere di fare i grattini sotto il mento del gatto.

«No, perché?»

«Da quando sei qui hai ringraziato Dio già due volte...»

«Ah, no, in realtà sono napoletano. Purtroppo mi viene

come intercalare quando sono nervoso.» Mi mordo la lingua troppo tardi. Lei sorride e abbassa lo sguardo verso il gatto. *Che figura di merda!* Smetto subito di fare stretching e mi avvicino alla parete attrezzata.

«Io sono casertana» dice lei per alleviare il mio imbarazzo.

Attento alle parole, Aldo! «Ci avrei scommesso...»

«Si sente molto?»

«No, in realtà non è per l'accento...»

«Ah, no?»

«È che soltanto una del Sud si può intestardire nel voler spostare un mobile del genere per pulire dietro.»

Ride. Ed è proprio bella.

E adesso a noi due. Alla prima spinta il mobile si sposta di due centimetri. Come la mia ernia. Sarebbe più semplice spostare la Mole Antonelliana. Devo cambiare strategia: mi chiedo se non sia il caso di smontarlo, ma ci vorrebbe un giorno intero.

«Pesa?»

«Abbastanza. E tu volevi spostarlo da sola?»

Lei sorride di nuovo. Sì, voleva farlo. Deve avere un caratterino niente male. Se mi ha chiesto una mano è perché da sola non c'è proprio riuscita. Capisco anche perché.

Attila allunga il collo all'improvviso e rimane in posizione di allerta. «Cosa c'è?» gli chiede lei come se l'animale potesse risponderle. Il gatto si appiattisce sul pavimento, mettendosi in posizione da caccia. Sta puntando qualcosa che ha visto dall'altra parte della stanza. Spero non sia Mister Bean. Entrambi rimaniamo a fissare il gatto che si avvicina quatto quatto alla credenza. Sembra un giaguaro di un documentario della National Geographic.

«Deve aver visto un ragno...» dice lei senza badarci troppo.

Io vorrei afferrare la bestiaccia per la coda, farla roteare una decina di volte per aria come una corda da rodeo e lanciarla dall'altra parte della casa. Ovviamente non posso. Anzi, devo tornare alla parete attrezzata, ma devo inventarmi qualcosa se non voglio stare qui due giorni per spostarla un centimetro alla volta. Ci rifletto qualche secondo. Per associazione mentale mi vengono in mente le immagini del film *Rapa Nui* e di come gli schiavi trasportavano le immense statue di pietra.

«Hai una scopa?» le chiedo.

Seppur perplessa, lei annuisce ed esce dalla stanza per andare a cercarla. Io ne approfitto subito per lanciarmi verso la credenza, dove Attila sta soffiando contro Mister Bean che rimane nascosto sotto il mobile nel punto più lontano dove le grinfie del gatto non riescono ad arrivare. Trema e non ha nessuna intenzione di muoversi dal suo nascondiglio, nemmeno dopo che con uno spintone allontano il gatto. La credenza è un mobile stile anni Cinquanta, senza piedini e con una base unica che poggia sul pavimento. Sul davanti ha un'apertura tondeggiante lunga un metro e alta cinque centimetri che non mi consente di infilare il braccio per recuperare Mister Bean.

«Hai visto qualche animale?» mi chiede lei preoccupata, di ritorno con la scopa in mano.

«Solo un ragnetto.»

Lei dà una carezza al gatto che in quel momento si sta leccando con vigore le palle. «Bravo gattaccio!»

Sì, brava, incoraggialo pure.

Per fortuna la scopa ha il bastone di legno e non di alluminio. «Mi serve una mano» le dico mentre svito il bastone dalla scopa.

«Cosa devo fare?»

«Io sollevo il mobile e tu infili il bastone sotto, nella parte davanti.»

«Sicuro di farcela a sollevarlo? Peserà una tonnellata; non vorrei ti facessi male.»

Nemmeno io. Ma la spalla del mobile mi offre un buon appiglio da entrambi i lati. E poi così non ho l'attrito del pavimento.

«Facciamo un tentativo?»

«Va bene, ma stai attento alla schiena.»

Mi piace quando qualcuno si preoccupa per me. Ma subito la disillusione bussa alla mia porta da quarantenne bastonato e penso che la preoccupazione per me sia in realtà quella per evitare rompimenti di palle del tipo accompagnarmi all'ospedale con un colpo della strega. Cerco di pensare positivo. Conto fino a tre e con uno sforzo sovrumano provo a sollevare il mobile.

«Fatto!» esclama lei.

Rimango sorpreso di me stesso: ero convinto che la parete attrezzata non si fosse sollevata di un millimetro. Poi con una mano spingo da dietro e il mobile, ruotando sul bastone, si stacca dalla parete quanto basta per farci passare una persona. E io che pensavo di aver sprecato un pomeriggio per vedere un film inutile.

«Wow, grande!» grida lei. E sorride. Anzi, *mi* sorride. Poi corre subito a prendere lo straccio per togliere la polvere dalla parte posteriore del mobile e dal pavimento. In effetti tira via tanti batuffoli da poterci fare un pullover.

Aspetto che finisca di pulire, soddisfatto come quando in

allenamento feci un tunnel a Maradona, ma solo perché in realtà si era fermato per allacciarsi lo scarpino.

«E tu come sei finita a Torino?»

«Ci siamo trasferiti qui quando avevo tre anni. Mio padre era un ispettore di polizia.»

Da come s'è incupito il suo tono di voce parlando del padre, non credo che abbia usato l'imperfetto per riferirsi al lavoro. Non le chiedo altro. Quando esce da dietro la parete attrezzata, ripetiamo l'operazione al contrario; io sollevo il mobile e lei sfila il bastone.

«Ecco fatto!» le dico congedandomi.

«Se stasera non avessi un impegno con le mie amiche, ti avrei invitato a cena.»

«Non mancherà occasione, spero.»

Mi avvio alla porta lanciando un'ultima occhiata ad Attila, che s'è di nuovo appostato davanti alla credenza. Al momento non posso fare nient'altro per il mio topino, ma fino a quando rimane là sotto può considerarsi al sicuro.

«Sei stato davvero gentile» mi dice sulla porta.

«Non ti fare problemi a chiamarmi se hai bisogno di una mano. Il mio appartamento è speculare sotto al tuo.»

«Lo terrò presente.»

Sento che chiude la porta solo dopo che ho cominciato a scendere le scale. Mi rendo conto di sentirmi molto meglio e tutte le brutte sensazioni accumulate quella mattina sembrano svanite nel nulla. Mentre apro la porta di casa mi rendo conto di essermi dimenticato di chiederle una cosa fondamentale. Torno su di corsa.

Quando apre la porta non ha più la bandana in testa. Con i capelli sciolti è ancora più bella. Mi guarda con aria interrogativa.

«Non ti ho chiesto una cosa importantissima...» le spiego.
«Cioè?»
«Come ti chiami?»
Lei mi sorride di nuovo. «Gloria» mi dice.
«Non avevo dubbi.»

15
Quando entra in campo il fattore GAS

Sono un Acquario, ascendente Sagittario, e mi riconosco in pieno con le caratteristiche principali del mio segno: idealista, sognatore, solitario, indipendente, onesto e fedele – anche se l'ultimo aggettivo è direttamente proporzionale al grado di coinvolgimento. Chi è nato sotto questo segno ha una spiccata tendenza a cercare sempre di migliorare la vita a chi gli sta vicino anche a costo di sacrificare la propria – cosa nella quale eccello. Quando non mi sento amato e compreso, come ogni buon Acquario che si rispetti, soffro come un cane e posso cadere in uno stato di depressione perché il mio umore non è dei più stabili. Odio la gelosia, anche se sono possessivo come pochi altri. Ho un estremo bisogno del contatto umano, ma non sono capace di creare legami profondi. Prova ne è il numero di amici veri che ho qui a Torino: uno. Gigi. Che poi è il fratello della mia ragazza. Anzi, *ex* ragazza.

Nonostante tutte queste corrispondenze, non ho mai creduto agli oroscopi. La mattina non perdo tempo a leggere cosa mi riservano le stelle, nemmeno quando ho in programma un appuntamento importante. Insomma, non sono il tipo che valuta se uscire o meno con una donna a seconda del segno zodiacale di appartenenza. Anche se non nego che se mi capita alla radio o alla tv l'attimo in cui si parla proprio del mio segno, non posso fare a meno di ascoltare. Se la giornata è positiva, fa sempre piacere. Se è negativa, cerco di convincermi che sono tutte stronzate, ma nel frattempo mi ha già condizionato e allora ho la perfetta certezza che il mio inconscio si adopererà per far accadere quello che ha ascoltato.

Credo però in una mia personalissima *ipotesi* che ho battezzato *teoria del fattore GAS*, che affonda le sue deboli radici nella statistica e negli eventi ricorrenti, anche se legati tra loro da un metodo che non si può certo definire scientifico. Sia ben chiaro; la mia non è una vera e propria *teoria*, il sostantivo è un chiaro abuso, e non ho nessun assioma da dimostrare. Se qualcuno la relegasse a semplice superstizione non avrei nulla da obiettare, poiché si tratta soltanto di una congettura ricavata dall'esperienza. Tuttavia, per quanto sgangherato, questo paradigma alla fine è diventato per quel che mi riguarda un modello di riferimento infallibile, che poi è quello che conta. Senza trascurare che, seguendo il *principio di falsificazione* di Popper, ogni teoria è valida fino a prova contraria,* e io aspetto ancora qualcuno che smentisca la mia.

Per farla breve, ho elaborato una casistica intrecciando persone con le quali ho avuto a che fare e gli eventi che ne sono scaturiti, con le lettere dell'alfabeto. Lo so, a prima vista può sembrare un delirio epistemologico, ma non è una cosa complicata. Per esempio, controllando i nomi di tutte le ragazze con cui ho avuto una storia, seppur breve, ho scoperto di avere avuto un successo impressionante con i nomi che cominciano con le lettere *G*, *A* e *S*. Per qualche imponderabile motivo, quando ho a che fare con un nome che comincia

* Okay, non ve l'aspettavate da un ex calciatore una citazione filosofica.

con una di queste lettere – e con la *G* in particolare – succede sempre qualcosa. E non soltanto con le donne. Anche la mia carriera calcistica è stata condizionata dal *fattore GAS*; infatti Reggiana, Salernitana e Torino sono accomunate dal colore della maglia: il *granata*. E il mio migliore amico – spero lo rimanga ancora, se mai riusciremo a chiarirci in maniera civile – si chiama Gigi. Ma non solo; mia madre si chiama Assunta e mio padre Giuseppe. Può bastare?

La scoperta di questa teoria, così come tutte le più grandi invenzioni dell'umanità, è stata del tutto casuale. All'epoca giocavo ancora con la Salernitana e uscivo con una ragazza che, manco a dirlo, si chiamava Grazia – una bionda che avrebbe meritato il titolo di miss tette di travertino. Per quanto non sia un nome così comune, avevo avuto una storia con un'altra Grazia ai tempi di Reggio Emilia, finita rovinosamente a causa di una certa Stephanie – una rossa irlandese capitata in città per l'Erasmus che non potevo assolutamente farmi scappare. Fatto sta che una sera dovevo chiamare Grazia – quella di Salerno – per avvisarla che ero in ritardo a causa del traffico. Inavvertitamente – o più precisamente a causa del fatto che stavo guidando – avevo selezionato dalla rubrica del cellulare la Grazia sbagliata. La conversazione era andata più o meno così:

Lei: «Bastardo pezzo di merda!».

Io, che a causa del segnale disturbato non avevo riconosciuto la voce: «Amore, ma che dici?».

Lei: «Brutto stronzo, figlio di puttana, testa di cazzo che non sei altro!».

L'accento emiliano della pioggia d'insulti mi aveva chiarito subito la natura dell'equivoco e avevo subito chiuso la telefonata. Quando ero arrivato sotto casa di Grazia – sempre quella di Salerno – nell'attesa che lei scendesse, avevo preso il cellulare per cancellare subito dalla rubrica il numero dell'altra Grazia. È stato in quel preciso momento che mi sono accorto che sulla lettera G si concentravano un numero impressionante di ex – nell'ordine: Gaia Ametrano, Gaia Genovese, Germana Sansovini, Gianna Amenta, Gianna Scotti, Gilda Gregori, Giovanna Armisano, Gisella Gremese, Giuliana Galante, Gloria Accardi, Gloria Aloisi, Gloria Soldano, Grazia Somma, Grazia Scolari, Greta Silvestri, Guendalina Greco. E la stessa cosa accadeva con la lettera A e con la S.

Anche se era lampante che non poteva trattarsi di una semplice coincidenza, ancora mi mancava un presupposto di partenza abbastanza plausibile da consentirmi di formulare una teoria. La scintilla vera e propria che mi portò alla *teoria del fattore GAS* si accese qualche anno dopo, quando mi giunse su Facebook la richiesta di amicizia di una certa Giuseppina Antonia Sansone. Lì per lì quel nome non mi aveva detto assolutamente niente. E nemmeno curiosare tra le foto del suo profilo era servito a chiarirmi le idee: si trattava di una buzzicona le cui forme ricordavano più uno scaldabagno da centottanta litri, che una donna. A ogni modo avevo accettato la sua richiesta, poiché ci sono ancora persone che si ricordano di me in quanto calciatore e chissà quale impulso le spinge a chiedermi l'amicizia. Poi lei mi aveva mandato un messaggio in posta privata scrivendomi: CIAO, SONO GIUSEPPINA ANTONIA DI GAETA, QUELLA CHE TUTTI CHIAMAVATE PINA MINOTAURO. CHISSÀ SE TI RICORDI ANCORA DI ME, VISTO CHE ABBIAMO PERSO LA VERGINITÀ INSIEME. MI FAREBBE PIACERE RIVEDERTI. E si era firmata G.A.S. Ancora quelle tre lettere che tornavano; un codice segreto nascosto nel nome della mia prima esperienza sessuale.

Fu così che mi convinsi che Pina Sansone, all'anagrafe Giuseppina Antonia Sansone, detta anche Pina Minotauro, o Hulk e ora anche Scaldabagno, quella notte di agosto di tanti anni prima aveva segnato per sempre il mio destino.

Con molto tatto, le avevo gentilmente risposto: CARA GIUSEPPINA ANTONIA, CERTO CHE MI RICORDO DI TE. COME POTREI DIMENTICARTI! VEDO CON PIACERE CHE IL TEMPO PER TE NON È PASSATO. IO, IN COMPENSO, HO UNA MOGLIE E TRE FIGLI, CHE MI LASCIANO POCHISSIMO TEMPO LIBERO. SONO SICURO CHE PRIMA O POI ANCHE TU TROVERAI QUALCUNO CON CUI DIVIDERE LA TUA VITA. TI AUGURO LA MIGLIOR FORTUNA PER IL FUTURO, ALDO RUSSO.

Poi l'avevo subito cancellata dalle amicizie.

Ripenso a come mi è venuta in mente la *teoria del fattore GAS*, mentre seguo gli spostamenti di Gloria nel suo appartamento, ascoltando il rumore dei tacchi sul soffitto sopra la mia testa. In particolare continua a fare avanti e indietro dal bagno alla camera da letto con una certa fretta, forse perché è in ritardo. Sono le 21.10 e sono sicuro che sta per uscire perché ha detto di avere una serata con le amiche. Altrimenti mi avrebbe invitato a cena. Fuori il sole sta cominciando a tramontare.

Per l'operazione «Salvate il soldato Mister Bean» mi servono una torcia, una vaschetta di Nutella di cui il mio topo va ghiotto, un grissino, una tazza da tè e una forchetta a cui ho piegato a metà le punte fino a formare un angolo retto. Ossia l'occorrente per costruire una trappola per topi che non spezzi l'osso del collo a Mister Bean.

Quando Gloria esce di casa l'orologio da parete segna le 21.22. La sento mentre scende le scale fino al pianoterra.

Dalla finestra del soggiorno la vedo salire su una Yaris grigia, con la quale si allontana dal quartiere. Aspetto ancora altri cinque minuti, poi parto in missione.

Nel condominio ci sono in tutto sei appartamenti, due per pianerottolo, ed è privo di ascensore; quindi l'unico rischio che corro salendo al terzo e ultimo piano è di incrociare la signora Ugobelli. Cosa improbabile data l'ora – infatti il suo televisore a tutto volume echeggia nell'intero caseggiato.

Quando infilo la chiave nella serratura ho il cuore che mi batte forte per la tensione. Gloria ha chiuso con tutte le mandate consentite dalla serratura. Entro e richiudo la porta alle mie spalle. A causa del lavoro che faccio, sono abbastanza abituato a introdurmi nelle case degli altri, ma non l'ho mai fatto senza avere il mandato per vendere o affittare. Per questo, oltre al cuore che sembra sul punto di esplodere, mi sudano anche le mani.

Le finestre del soggiorno sono tutte aperte perché la casa è impregnata dell'odore acre della pittura e c'è bisogno di arieggiare. Per fortuna c'è ancora un po' di luce. Attila mi scruta con attenzione, le orecchie tese all'indietro, le pupille dilatate, schiacciato sul pavimento in una posizione di studio buona sia per la fuga che per l'attacco. Lo lascio perdere e mi chino ai piedi della credenza. Il raggio della torcia illumina Mister Bean appiattito nell'angolo più lontano del suo nascondiglio; adesso sembra molto più tranquillo – forse ha capito che finché se ne sta infilato là sotto il gatto non gli può fare nulla –, ma non ha nessuna intenzione di muoversi, nemmeno quando gli avvicino il grissino cosparso di Nutella. Provo anche a spingerlo con il manico della scopa, ma lui fugge in tutte le direzioni tranne che verso l'uscita.

Maledizione! In realtà speravo di tirarlo fuori al primo

tentativo allettandolo con il suo cibo preferito, invece mi trovo costretto a preparare la trappola. Come prima cosa, appoggio la forchetta con il manico sul pavimento e le punte piegate oltre il bordo della tazza in modo che non possa scivolare all'indietro. Dopo aver creato questo piccolo ponticello, sistemo la vaschetta di Nutella nella tazza e cospargo il percorso con delle piccole tracce di cioccolato che possano guidare Mister Bean verso la trappola come le briciole di Pollicino. Attirato dall'odore irresistibile della Nutella, il topo userà la forchetta come trampolino per tuffarsi nella tazza e una volta caduto dentro, per lui sarà praticamente impossibile uscirne fuori. L'idea nasce dal pensiero romantico che un qualsiasi oggetto, luogo, odore può riaprire il baule dei ricordi. Infatti l'ho aperto, ci ho infilato la mano e ne ho tirato fuori uno. Quando frequentavo le superiori da privatista, un giorno si proclamò un'agitazione studentesca per la richiesta al preside di una subitanea derattizzazione per un presunto ratto avvistato per le scale dell'istituto.

Ovviamente la derattizzazione avrebbe solo regalato un paio di giorni di ferie forzate. La rivoltosa capogruppo, autoproclamatasi tale, un maleodorante miscuglio di donna e uomo con una voce sgraziata come quella di uno scaricatore notturno di porto costretto a fare lo straordinario d'inverno sotto la pioggia col vento e senza contributi, mi si parò davanti.

Alla mia ingenua domanda su cosa fosse successo, lei asserì di aver visto un topo saltare su per le scale. Ma sfortunatamente per lei e in seguito per me, avevo letto su *Focus* che a causa delle zampe posteriori troppo corte, il *Rattus norvegicus* non è in grado di saltare un'altezza doppia il suo corpo. Mi sputò letteralmente in un occhio.

Non mi rimane che aspettare, facendo attenzione che Attila non rimanga nei paraggi. Per questo cerco di scacciare il gatto, che però non ha nessuna intenzione di allontanarsi troppo dalla credenza. Dopo un lungo inseguimento attorno al tavolo del soggiorno, riesco a farlo uscire dalla stanza e chiudo subito la porta.

Nel frattempo s'è fatto buio e in casa non si vede più granché. Mi faccio largo nell'oscurità con la torcia per curiosare un po' in giro. Apro uno scatolone appoggiato in un angolo dell'ingresso. È pieno di libri. I primi che sollevo sono: *Cronaca di una morte annunciata*, *La città delle bestie*, *Dona Flor e i suoi due mariti*, un libro su Gustav Klimt, *Dieci piccoli indiani*, *Trilogia di New York*, *Le città invisibili*, *Narciso e Boccadoro*, *Ragazzi di vita*, *Macbeth*. Non ne ho letto nemmeno uno. Di ogni libro fotografo la copertina con l'iPhone, meglio essere preparati, non si sa mai, non mi va di fare la figura del caprone. Rimetto i libri nello scatolone e cambio stanza.

L'appartamento è del tutto speculare al mio: ingresso, soggiorno, cucina abitabile, due camere da letto, bagno, per un totale di 95 mq. Il proprietario, che l'ha comprato per il figlio ancora minorenne, l'ha arredato saccheggiando l'Ikea. L'unica stanza che Gloria ha finito di pulire e sistemare è la camera da letto. Sul comodino ha un altro libro: *Harry, rivisto*, di Mark Sarvas. Scatto un'altra foto. Frugo nei cassetti fino a quando non trovo quello della biancheria intima, della quale non sembra importarle granché. Nessuna traccia di lingerie lussuriosa, nessun perizoma o tanga, guêpière o baby-doll, niente pizzi e merletti. Soltanto mutandine comode, la maggior parte neutre, alcune passate troppe volte in lavatrice, altre con disegni improbabili di orsacchiotti, fiorellini,

Hello Kitty, Winnie the Pooh. Mah! Sembra più il cassetto di una dodicenne, che di una trentenne single in cerca di un uomo. Stessa cosa nel cassetto accanto, dove ogni reggiseno bada più alla praticità che alla sensualità. Indossa una terza, come piace a me.

E mentre lascivamente ne annuso uno mi squilla il cellulare. Il suono però arriva dall'altra stanza; forse l'ho lasciato vicino allo scatolone dei libri. Possibile che possa essere stato così sbadato? Poi mi ricordo di aver appena fotografato la copertina del libro sul comodino. E infatti il cellulare è al suo posto nella tasca laterale dei bermuda. Mi si paralizzano le ginocchia perché Gloria ha la mia stessa suoneria. Seguo gli squilli fino a quando non trovo l'iPhone nella tasca della salopette appesa all'appendiabiti nell'ingresso. Sul display compare il nome di una certa Teresa. Rimetto il cellulare al suo posto e mi affaccio alla finestra del soggiorno: una Yaris grigia è parcheggiata davanti al condominio, nello stesso punto di prima. Cazzo, cazzo, e ancora cazzo! Mi precipito alla porta, ma proprio mentre sto per aprire sento il rumore dei tacchi sulle scale. Scappo in camera da letto con l'intenzione di nascondermi sotto al materasso. Spengo la torcia proprio nel momento in cui Gloria apre la porta. Il letto è di quelli a cassettone, ma lo capisco solo sbattendoci la testa. Non mi rimane che provare nell'armadio. Il cellulare riprende a squillare; lei impreca perché non lo trova. A tentoni cerco gli sportelli centrali: per fortuna non ci sono troppi vestiti appesi, per cui riesco a nascondermi all'interno e a chiudere bene le ante. Il buio pesto e i vestiti di raso che mi avvolgono mi danno l'impressione di essere chiuso in una bara. Mi chiedo quante probabilità ci siano che lei non apra l'armadio: molto alte se è tornata solo per riprendere il cellulare e uscire di nuovo; molto basse se dovesse restare in casa.

Gloria trova il cellulare e risponde all'amica. Non essendoci altri rumori in casa riesco a sentire perfettamente quello che dice all'amica.

«Si può sapere cos'è successo? Vi ho aspettato fino a poco fa!... No, che non ho visto il messaggio: ho dimenticato il cellulare a casa, non vi ho visto arrivare e sono tornata indietro... No, non mi va, ormai s'è fatto tardi e quel locale è dall'altra parte della città!»

Dicendo questo, Gloria entra in camera da letto e accende la luce. Oh merda! Dallo spazio che c'è tra un'anta e l'altra riesco a intravvedere che si è sdraiata sul letto a pancia in su. Devo inventarmi subito una scusa da raccontarle quando mi troverà nell'armadio. Sempre ammesso che non le venga prima un infarto. Magari le dico la verità. La verità rende liberi. E io voglio assolutamente liberarmi da questa figura di merda.

«Sì, sono sicura, davvero, sono a pezzi. Oggi non puoi capire che giornata. Odio i traslochi e la casa è lercia. Pensa che ho trovato pure delle cacche di topo... Certo che ne sono sicura: ho controllato su Google ed erano proprio cacche di topo. Ho spostato pure un mobile pesantissimo per controllare e togliere un po' di polvere... No, mi ha aiutato l'inquilino del piano di sotto... Be', devi vedere che tipo! Un gran fico, niente da dire, ma faceva il calciatore! E doveva essere pure uno famoso: ha giocato persino con Maradona!»

Da come sghignazza con l'amica non sembra essere un gran complimento. Mah!

«No, è tutto vero: ho controllato su Google. Si chiama Aldo Russo, ci sono le foto, è proprio lui. Pensa che ha giocato pure col Toro.... Giuro, abita proprio sotto di me. Anzi, mi conviene parlare piano altrimenti mi sente pure!»

Troppo tardi, bellezza. Intanto Attila le è salito sulla pancia e ha cominciato a pedalare con le zampe anteriori.

«Pensa che si doveva sposare domenica scorsa, ma la ragazza non s'è presentata all'altare! ... Sì, davvero! Me l'ha raccontato l'agente immobiliare che mi ha affittato la casa!»

Mo' che prendo Michele Capobianco gli stacco le palle e ci faccio il record del mondo di palleggi.

«Comunque non aveva l'aria di chi sta male... Anzi, oggi faceva il piacione!»

Ma chi? Io? Sono quasi tentato di uscire dall'armadio.

«Ma che ne so che tipo è! Ci ho parlato dieci minuti. Però ad Attila non sta simpatico per niente.»

Be', se è per questo la cosa è reciproca.

«Credo sia il classico tipo egocentrato, molto fashion: sembra uno di quei pupazzi usciti da Maria De Filippi.»

È questa l'impressione che do? Ma se sono salito in pantaloncini! Andiamo bene...

«Comunque oggi mi ha sorpreso. Pensa che quando ha visto che il mobile era troppo pesante, ha pensato di spostarlo usando il bastone della scopa come rullo. Un genio!»

Ah, ecco, così va già meglio ciccia mia bella!

«E poi, pensa, quando è andato via non mi ha nemmeno chiesto il numero di cellulare.»

E che bisogno c'è? Mi basta fare due rampe di scale e ti vengo a bussare alla porta...

«No, davvero, non insistere, facciamo un'altra sera con calma. Sono così stanca che quando sono uscita mi sono persino dimenticata di chiudere la porta a chiave. Eppure lo sai che sono fissata con queste cose... Davvero, ci sentiamo domani: io adesso mi faccio un'altra doccia che sono di nuovo tutta sudata e mi metto a letto a leggere. La prossima volta però cercate di non cambiare più idea su dove andare a cena! Buona serata.»

Attraverso la fessura delle ante riesco a vedere soltanto una porzione di Gloria – più o meno dal collo alle ginocchia. È ancora sdraiata sul letto e accarezza la testa del gatto – lui, maledetto bastardo, lo vedo per intero.

«La vuoi la pappa?» gli chiede.

Attila schizza sul pavimento come se l'avessero lanciato con la fionda. Comincia a miagolare e a strusciarsi contro lo spigolo della porta, la coda come un punto interrogativo. Gloria si siede sul bordo del letto e si toglie T-shirt e reggiseno. Le vedo una striscia di schiena. Poi si alza e scompare dalla mia visuale, mentre Attila trotterella verso di lei. Sudo freddo, un po' per il terrore di essere beccato, un po' perché ho un'erezione spaventosa sotto i bermuda. La sua ombra passa davanti l'armadio, sento che apre un cassetto dall'altra parte della stanza, poi ripassa davanti al mio nascondiglio. Ho il cuore che batte talmente forte, che ho paura che si senta anche all'esterno dell'armadio.

Gloria esce dalla stanza con indosso soltanto uno slip con il faccione dell'orso Yoghi sul retro. E poi io sarei quello fashion?

La camera da letto adesso è vuota. Sento Gloria che traffica in cucina, borbottando qualcosa al gatto che miagola come un ossesso. Se non capisco male gli sta chiedendo cosa ha fatto mentre non c'era. Andiamo bene...

Se malauguratamente dovesse vedere la trappola che ho costruito davanti alla credenza sarei un uomo finito, perché di sicuro chiamerebbe i carabinieri. Ma a parte la tazza da caffellatte non ho lasciato in giro nient'altro che possa farle immaginare che qualcuno si sia introdotto in casa sua. Per mia fortuna Gloria non si accorge di nulla e dopo aver dato da mangiare al gatto se ne va dritta in bagno. Sento le porte scorrevoli del box doccia che si aprono e subito dopo sento il rumore dell'acqua.

Non ho altre opportunità di salvezza e devo muovermi in fretta se voglio venir fuori pulito da questa incresciosa situazione. Esco dall'armadio con estrema cautela, sperando di non sbattere contro qualcosa. Per raggiungere l'ingresso devo attraversare il corridoio passando obbligatoriamente davanti al bagno, dove la porta è spalancata. La doccia ha i vetri smerigliati, quindi se mi muovo lentamente lei potrebbe non vedermi. O almeno così spero, mentre cammino appiccicato alla parete che sembro un geco. Vedo la silhouette del suo corpo girato di schiena. Bene. Mi fermo qualche secondo ad ammirarla. Gloria sembra avere un fondoschiena di tutto rispetto, anche se l'immagine è distorta dal vetro. Quasi ipnotizzato da quell'immagine, mi desto e schizzo via prima che possa accorgersi di essere spiata.

Raggiungo il soggiorno e mi avvicino alla credenza. La trappola è vuota. Maledizione. È stato tutto inutile. Raccolgo la tazza e la forchetta e mi avvio verso la porta. Gloria è sempre sotto la doccia. Quando passo davanti alla cucina, il mio occhio casca su Attila che mangia avidamente dalla sua ciotola. Mi viene subito in mente un piano B, anche se non ho il tempo di valutare tutte le possibili conseguenze. Così prendo una scatola vuota dall'ingresso, mi avvicino di soppiatto al gatto – che sta solo pensando a ingozzarsi e non si accorge di quanto accade alle sue spalle – e gliela posiziono proprio dietro la coda. Poi con una manata lo spingo dentro e chiudo velocemente la scatola. Attila sbatte contro le pareti di cartone come la pallina di un flipper, cacciando dei versi assurdi che nemmeno un maiale nello scannatoio si sognerebbe di fare. Gloria sembra sentire il miagolio disperato del gatto e chiude il rubinetto dell'acqua.

«Attila?» lo chiama lei dal box doccia.

Troppo tardi. Ho già aperto la porta, nonostante sia barricata con quattro mandate.

«Attila, dove sei?» continua preoccupata, quando ormai io sono sul pianerottolo. Faccio anche in tempo a ridare quattro giri di chiave alla porta, giusto per fare un lavoro pulito. Poi giù di corsa verso casa.

Salvo! Una scarica d'adrenalina mi attraversa tutto il corpo e fa capolinea nelle gambe che sono molli da non reggermi più. Ansimo come se avessi compiuto una *mission impossible*, con la differenza che Tom Cruise dispone sempre di aggeggi supertecnologici e non di certo di una forchetta e una tazza di Nutella. Ma mi viene in mente MacGyver, quello che con una linguetta di lattina e un chewingum costruisce una bomba atomica.

Fantasticando sulle differenze tra me, Tom Cruise e MacGyver, fradicio di sudore, dopo aver ripreso fiato, porto Attila nel bagno: la sua nuova prigione. Quando apro la scatola la bestia salta fuori come il pupazzo a molla di una scatola a sorpresa e finalmente smette di frignare. Attila si rifugia dietro il cesso e mi soffia contro pronto a saltarmi addosso. Lo chiudo dentro. È fatta.

Nemmeno il tempo di pensarlo, che il gatto riprende a piangere neanche lo stessi scuoiando vivo. È incredibile quanto casino riesca a fare quella fottutissima bestia. Poiché non posso certo imbavagliarlo, l'unica soluzione che ho per evitare che il miagolio di Attila arrivi fino al piano di sopra, è mettere un po' di musica. Così collego l'iPhone all'impianto stereo e cerco tra gli album qualcosa di adeguato. I primi dell'elenco – che va in ordine alfabetico – sono gli AC/DC. Di sicuro *Back in Black* può coprire il lamento del gatto, ma purtroppo non è l'orario adeguato per scatenare una tempesta di decibel nel condominio. Inoltre ripenso a quello che ha detto Gloria parlando di me con l'amica, cioè che non le sembravo star male per via del mancato matrimonio. E con un concerto metal non vorrei rinforzare quest'impressione. Dovrei cercare qualcosa che si sposi meglio con il mio stato d'animo, ma non ne ho il tempo perché Attila piange sempre più forte. Vado a caso: faccio scorrere l'elenco delle playlist come se fosse la ruota della fortuna e lo blocco con un dito. Leonard Cohen. Ottimo per la depressione, ma può andar bene. La compilation comincia con *Dance me to the end of love*. Alzo il volume fino a coprire i lamenti di Attila.

In frigo trovo una confezione di petti di pollo che deve aver comprato mamma. Ne taglio uno a quadratini e lo porto all'ostaggio. Mi sento come un secondino che porta la cena al detenuto. Non appena apro la porta Attila smette di piangere e cerca subito uno spiraglio dal quale scappare. Mi chiudo con lui nel bagno e poggio il piatto con il petto di pollo sul pavimento. Attila lo guarda con diffidenza; poi annusa la carne e si avvicina a mangiare con molta cautela. È proprio vero che politici e animali si corrompono davvero con poco.

Finalmente Attila ha smesso di miagolare. Abbasso un poco il volume dello stereo, mi verso un bicchiere di vino bianco e mi godo il fresco sulla sdraio del terrazzo. Mentre sorseggio un Costamolino da urlo, ripenso al rischio pazzesco che ho appena corso a casa di Gloria. Ancora mi sudano le mani per la tensione. O forse è solo l'umidità.

Cohen sta cantando *Suzanne*, quando suonano alla porta. Sono le 22.45 e posso immaginare chi sia. Vado ad aprire in pantaloncini e a torso nudo. Mi trovo di fronte Gloria, con i capelli ancora bagnati e gli occhi colmi di preoccupazione. Faccio una faccia sorpresa.

«Scusa se ti disturbo a quest'ora, ma non trovo più Attila...» dice lei.

«L'hai fatto uscire e non è tornato?»

«No, non l'ho fatto uscire. Ma ho lasciato le finestre aperte, forse è salito sul tetto e non riesce a scendere perché prima l'ho sentito che piangeva... Spero solo non sia caduto di sotto! Tu sai come posso fare a salire sul tetto?»

«Aspetta, prendo le chiavi e una torcia e vado a controllare.»

«Non voglio disturbarti...»

«Non c'è problema, almeno mi distraggo un po'. Dammi il tempo di mettermi una maglietta.»

Lei annuisce. Solo adesso si accorge che sono andato ad aprirle la porta a petto nudo. Mentre faccio un passo indietro il suo sguardo cade sui miei pettorali ben scolpiti. O forse sulla pancetta che già si insinua nella sopraggiunta età, che inesorabile aumenta. Cerco di scacciare il solito pensiero negativo per restare concentrato sull'obiettivo e ostento sicurezza tirando in dentro la pancia. La lascio sulla porta, in compagnia della struggente melodia di Cohen, sperando che il gatto non riprenda a miagolare proprio adesso.

Come ovvio Attila non è né sul tetto, né in giardino, ma

perdo un po' di tempo fingendo di cercarlo. L'unico conforto di Gloria è di non averlo trovato spiaccicato sul marciapiede. La riaccompagno a casa convincendola che il gatto possa essere caduto dalla finestra e che quindi possa essersi nascosto da qualche parte per lo spavento. È una cosa che i gatti fanno spesso, la rassicuro. In realtà sto improvvisando. Infatti lei sembra scettica e mi saluta dicendomi che avrebbe controllato su Google. Grazie per la fiducia.

16

Quando comincio la mia carriera col Toro

La mia avventura con la maglia granata del Torino è durata in tutto due anni e quattro mesi, esattamente dal 7 luglio 1996, giorno del primo ritiro, al 6 dicembre 1998, giorno della mia ultima partita tra i professionisti. La squadra gioca con personalità e in panchina siede un certo Emiliano Mondonico, che punta su di me lanciandomi titolare fin dalla prima partita. Io ho venticinque anni e da come comincio la stagione sembra l'anno della mia consacrazione definitiva. Le cose, però, non sono andate come speravo.

Ma procediamo con ordine. I primi mesi a Torino non sono un granché. Faccio fatica a integrarmi nella città, vivo in un albergo a due stelle vicino al campo di allenamento ed evito i locali notturni per non alimentare chiacchiere sul mio conto che possano indispettire allenatore e società. Mi concedo solo qualche uscita al ristorante e al cinema, sperando sempre di incrociare Giorgia. Inutilmente. Nemmeno l'elenco telefonico può aiutarmi a rintracciarla, poiché non ricordo più il suo cognome. O forse non l'ho mai saputo. Mi convinco che con ogni probabilità s'è sposata con Silvano Bronzetti ed è persino diventata mamma.

Smetto di pensare a lei quando conosco Greta Velardi, una studentessa universitaria di filosofia che sembra uscita dalla copertina di *Playboy*. Travolti da una bruciante passione, nel giro di due mesi decidiamo di andare a convivere.

Prima però devo trovare casa. Su suggerimento di Carmine Nunziata, un mio compagno di squadra anche lui appena arrivato al Toro che ha dovuto risolvere lo stesso problema, mi rivolgo alla G.M. Immobiliare. Quando entro in agenzia mi trovo di fronte un energumeno di un metro e novanta che sembra appena scappato da un campo di rugby. Lui si presenta stritolandomi la mano. «Piacere, Gigi Mariani.»

Se avessi avuto una memoria solo appena più affidabile, forse avrei potuto collegare il cognome di Gigi a quello della mia amica Rossella di Gaeta. Invece non colgo l'analogia, tantopiù che non c'è niente in Gigi che possa ricordarmi qualcosa di Giorgia. Nel giro di pochi appuntamenti diventiamo grandi amici, anche perché Gigi ha appena smesso di giocare a calcio e sta tentando di diventare allenatore.

Grazie a Gigi troviamo un delizioso bilocale in affitto in via Montebello, a due passi dalla Mole Antonelliana e dalla facoltà di Greta, che per seguire i corsi deve solo attraversare la strada. Con Gigi continuiamo a sentirci anche dopo che mi ha trovato casa e spesso andiamo a cena insieme, soprattutto quando Greta è sotto esame e non mette il naso fuori dalla stanza.

La mia vita comincia finalmente a prendere forma. Con il Torino ho firmato un contratto triennale da duecentocinquanta milioni di lire l'anno, che mi dà una stabilità economica mai conosciuta prima. Con Greta andiamo d'amore e d'accordo e nel tempo libero l'aiuto a preparare gli esami, cosa che mi consente di diventare erudito in materie filosofiche senza nemmeno frequentare l'università. Grazie a lei conosco la buona musica, il buon cinema e le buone letture. Sessualmente abbiamo un'intesa perfetta e per la prima volta nella mia vita non sono attratto da nessun'altra ragazza che non sia lei. La serenità affettiva ha ripercussioni positive anche sul campo da gioco, aiutandomi a conquistare la fiducia del mister e un posto da titolare a soli ventitré anni. Nonostante la squadra non navighi secondo le aspettative, risulto sempre tra i migliori in campo e ben presto divento un beniamino dei tifosi. Mi aspetto soltanto di raggiungere la serie A, magari col Toro, magari con Greta come moglie. Così dopo un anno di convivenza idilliaca le chiedo di sposarmi. Lei piange. In un primo momento penso per la commozione. Invece mi confessa di essersi innamorata dell'assistente del professore con il quale sta preparando la tesi. La sera stessa fa la valigia e se ne va via di casa.

Nel giro di pochi giorni perdo sia Greta, che la serie A nello spareggio col Perugia. Rimango solo come una foglia sul ramo a gennaio. L'unico amico che mi ritrovo accanto è Gigi, che per giorni deve sopportare la mia depressione. Per cercare di tirarmi su il morale mi propone di andare qualche giorno in vacanza a Gaeta, nella casa estiva di sua zia. Ma tu guarda le coincidenze! Gli racconto che i miei nonni materni sono di Gaeta e che anche noi abbiamo una casa lì. Gigi ammette di esserci andato raramente, e forse per questo non ci siamo mai visti prima. Tuttavia adesso non può fare a meno di andarci perché deve tirare su il morale anche alla sorella alla quale hanno appena arrestato il fidanzato.

Nonostante io sia in possesso di informazioni più che sufficienti per riuscire a capire quello che sta per succedere, ancora non riesco a fare due più due. Forse perché la ferita lasciata da Greta è troppo dolorosa per lasciarmi la lucidità di capire come stanno le cose.

Così salgo in macchina di Gigi e imbocchiamo l'autostrada diretti verso sud.

17
Quando il controllore si appassiona alla storia

«Cioè, mi stai dicendo che Gigi è il fratello di Giorgia?»

Annuisco guardando fuori dal finestrino. Il treno sta giusto sfrecciando davanti alla stazione di Vercelli.

«Ma non si somigliano almeno un po'?»

«Un'aria di famiglia c'è... Hanno lo stesso taglio degli occhi, ma per accorgersene bisogna guardarli con molta attenzione. Inoltre erano passati più di sei anni dall'ultima volta che avevo visto Giorgia; se a un certo punto avevo rinunciato a cercarla è anche perché non ero più sicuro di riconoscerla neanche se l'avessi incontrata. Di lei conservavo soltanto un'immagine sbiadita, il viso acqua e sapone di una ragazzina ancora minorenne. Invece il destino mi aveva fatto diventare il migliore amico di suo fratello.»

«E in tutto il tempo che vi siete frequentati, Gigi non ha mai parlato della sorella?»

«Non parlava quasi mai di lei. Le poche volte che lo faceva la chiamava o *mia sorella* o, più spesso, *quella stronza*. Se l'avesse chiamata per nome, magari una lampadina mi si sarebbe accesa. Le uniche cose che sapevo di sua sorella erano che viveva a Roma e che era fidanzata con un tipo che a Gigi non piaceva affatto; per questo evitava di parlarne.»

«Be', non aveva tutti i torti visto che poi è finito in galera.»

«Silvano Bronzetti non aveva seguito la carriera politica

del padre, ma aveva preferito sfruttare le sue conoscenze. Aveva aperto una ditta di costruzioni, diciamo, molto attiva negli appalti pubblici. Poi è finito coinvolto in uno scandalo di tangenti e appalti truccati.»

«E Giorgia l'ha lasciato per questo?»

«No. Dalle indagini è venuto fuori che Silvano Bronzetti gestiva anche un giro di ragazze rumene che utilizzava come escort per corrompere i politici. Per questo s'è beccato pure l'accusa di induzione e sfruttamento della prostituzione.»

«Mazzette e mignotte... Ha capito come funziona il sistema prima di molti altri!»

«Sì. È stato anche uno dei primi scandali venuti a galla dopo Mani pulite. I giornali ne hanno parlato parecchio.»

«Mentre il gatto che fine ha fatto?»

«Il gatto?»

«Sì, Attila, il gatto della tua vicina di casa.»

Forse sto mischiando un po' troppo i piani temporali dei miei ricordi. Ma il controllore s'è appassionato e fino a quando riesco a tenere accesa la sua attenzione, evito che possa chiamare la polizia ferroviaria.

18
Quando devo affrontare Attila

Prima di aprire la porta del bagno, faccio il giro della casa chiudendo tutte le finestre per evitare che Attila possa buttarsi di sotto nel tentativo di scappare. Non ho mai avuto un gatto e non ho idea di come possa reagire in una situazione del genere, considerando anche le dimensioni notevoli di quella bestiaccia. Dal garage ho recuperato anche un vecchio cuscino e una bacinella che ho riempito di terriccio. Quindi entro nel bagno facendo attenzione che Attila non schizzi via dalla porta.

Il microfelide invece è seduto tranquillo sul copriwater, intento a leccarsi ancora i baffi per il pollo che gli ho dato poc'anzi. Mi degna soltanto di uno sguardo fugace, ma per niente astioso; poi allunga una zampa posteriore come una ballerina classica e inizia a leccarsi le palle con la lingua rasposa. Credevo fosse pronto a saltarmi addosso, invece fa lo gnorri. Gli sistemo il cuscino nel bidet e la lettiera nel box doccia. Mentre mi lavo i denti lui continua a leccarsi il pelo della pancia e della schiena. Il problema vero e proprio arriva quando devo spodestarlo perché ho bisogno di sedermi io sul cesso. Non vorrei che la prendesse a male, ma non ho molte alternative. Approfittando del momento di non belligeranza, lo sollevo di peso e lo sistemo nella sua nuova cuccia. Lui, per fortuna, non reagisce. Ero già pronto a beccarmi una zampata. Poi, mentre espleto le mie funzioni fisiologiche, Attila scende dal bidet e va ad annusare la sabbia della lettiera. Dopo aver fatto anch'egli i propri bisogni e averli prima annusati per bene e poi coperti con cura certosina spargendo terriccio in giro per tutto il bagno, il gatto si avvicina alle mie caviglie e comincia a strusciarsi facendo le fusa. E chi se l'aspettava?

Così come non mi aspetto che qualcuno bussi ancora alla porta dopo mezzanotte.

«Avevi ragione» mi dice Gloria appena apro la porta.

«Su cosa?»

«Sui gatti che cadono dalle finestre. Esiste addirittura una Sindrome del Gatto Volante! Ho cercato su Google e ho trovato un forum di persone che hanno perso il gatto dopo una caduta dal balcone: tutti confermano che i loro gatti si sono nascosti per qualche ora per lo spavento; poi sono tornati a casa.»

E io che pensavo di aver detto una cazzata. «Visto? Sono sicuro che domani tornerà a casa.»

«Speriamo... Senti, volevo ringraziarti ancora per avermi aiutato a cercare Attila. E anche per la mano che mi hai dato a spostare il mobile.»

«Nessun problema, davvero.»

«Per sdebitarmi ti avrei anche invitato a cena, ma ho ancora la casa sottosopra...» Gloria lascia la frase in sospeso, quasi costringendomi a concluderla per lei.

«Facciamo così: puoi venire tu da me domani sera.»

Lei sorride. Ha chiaramente raggiunto il suo intento, altrimenti non avrebbe bussato per dirmi che avevo ragione sulla faccenda del gatto. «Però così sarò ancora più in debito...»

«Aspetta, non ti ho detto che cucinerò per te. Ho detto

che puoi venire da me, ma cucinerai tu. Ti metto a disposizione la mia cucina e il mio frigorifero.»

Questa volta mi sa che l'ho sorpresa. Gloria continua a sorridere e il suo sorriso è qualcosa che ti fa venire voglia di sbatterla al muro e baciarla fino all'alba. Invece contraccambio il sorriso e le chiudo dolcemente la porta in faccia. Non passano nemmeno cinque secondi che bussa di nuovo.

«Per che ora vengo?»

«Non prima delle 19 e non dopo le 22.»

Lei mi sorride ancora, poi si volta e scompare su per le scale. Richiudo la porta solo quando sento che s'è chiusa in casa con quattro mandate.

Il mattino dopo mi sveglio con un entusiasmo e un'energia che ricordo di aver provato solo alla vigilia di qualche partita importante. Ho tante cose da fare, in primo luogo riordinare e pulire la casa. Ma, soprattutto, occuparmi di Attila. In frigo ho una vaschetta di prosciutto cotto. Penso che due fette possano essere più che sufficienti a riempire lo stomaco di un gatto. Quando entro in bagno vengo assalito da una puzza mostruosa, una roba sentita soltanto allo zoo nel recinto degli elefanti. Il gatto mi corre subito incontro e comincia a strusciarsi sulle caviglie con la coda che gli vibra per l'eccitazione. Di tutto quello che è successo tra noi, Attila ricorda soltanto che gli ho dato del pollo da mangiare. E tanto gli basta. Se bastasse solo questo anche con le donne... Mentre libero la vescica, si divora anche il prosciutto e rimane a leccarsi i baffi. Poi si lascia infilare senza fare storie nella scatola di cartone e ne approfitto per trasferirlo in garage; visto che stasera viene a cena la sua padrona, non mi sembra il caso di farglielo trovare in bagno.

Alle dieci del mattino sono al supermercato, in fila davanti al bancone dei salumi. Ho sette persone davanti a me, tra le quali un uomo di mezza età che mi sembra di conoscere ma che non riesco a mettere a fuoco. Quando si volta è lui che mi riconosce.

«Aldo!» esclama venendomi accanto, come se avesse visto un vecchio amico.

Io continuo a brancolare nel buio con mezzo sorriso da idiota e lui sembra accorgersene.

«Mimmo Ruggiero. Ci siamo incontrati dal maresciallo Zecca...»

Ah, ecco. L'uomo dalla moglie allegra. «Sì, certo. Tutto bene?»

«Sì, grazie. Da quando mia moglie è tornata a casa ho seguito il tuo consiglio...»

«Quale consiglio?»

«Quello di non mandarla più a fare la spesa da sola... Adesso sembra molto più tranquilla. Il maresciallo Zecca ha trovato la tua donna?»

«No, non ancora...»

«Dagli solo qualche giorno di tempo e vedrai che te la riporta a casa sana e salva.»

Chissà perché al solo pensiero rabbrividisco. Le altre persone in fila con noi non hanno potuto fare a meno di ascoltare la conversazione e adesso se la ridono impunemente. Per fortuna il salumiere chiama il suo numero e Mimmo Ruggiero mi saluta augurandomi un in bocca al lupo al quale ovviamente non rispondo.

Fatta la spesa, guido fino al quartiere universitario e parcheggio proprio davanti alla casa dove ho abitato con Greta.

Non sono venuto qui per un attacco di nostalgia, ma perché in zona c'è un rifornitissimo rivenditore di libri usati, sempre che nel frattempo non abbia chiuso. Non voglio fare lo spilorcio, ma devo trovare dei libri che diano anche l'impressione di essere stati letti e vissuti.

La libreria è gestita da un tipo alternativo con i dread, il sopracciglio destro ed entrambe le orecchie tempestate di piercing e una maglietta gialla con una foglia di marijuana stampata sul petto. È magro come una cicogna dopo una consegna, anche se il naso corto e schiacciato e le narici prominenti lo fanno somigliare più a un emù. Avrà all'incirca sette, otto anni meno di me, ma da piccolo deve aver subito qualche grosso trauma, altrimenti non si spiega perché per sentirsi diverso un essere umano debba combinarsi così. È seduto dietro il bancone, assorto nella lettura, con i piedi appoggiati accanto al registratore di cassa. Sono l'unico cliente e solo quando mi avvicino al banco lui posa il libro di John Fante che sta leggendo.

«Ehi, ma tu sei Aldo Russo!» esclama appena alza gli occhi. «Grande! Sono un tifoso del Toro. Mi spiace per come ti è andata, amico...»

Quantomeno non è della Juve. «Anche a me...» gli rispondo marcando gli angoli della bocca.

«In cosa posso aiutarti?»

Sfogliando la libreria fotografica dell'iPhone comincio a elencare: «Sto cercando dei libri di García Márquez, Isabel Allende, Agatha Christie, Paul Auster, Italo Calvino, Hermann Hesse, Pasolini, Shakespeare e Mark Sarvas».

Il ragazzo prende appunti velocemente su un foglio di carta riciclata. Quindi controlla subito sul database del computer. «Di quali titoli hai bisogno?»

«Tutti quelli che hai di questi autori.»

«Mi ci vuole un po' per trovarli tutti...»

«Non ho fretta, andrò a fare una passeggiata qui vicino. Prima però volevo chiederti una consulenza...»

«Dimmi?»

«Devo fare un regalo a un'amica. Ho visto nella sua libreria che ha questi gusti letterari. Secondo te quali altri autori possono piacergli?»

Il ragazzo controlla la lista con aria di sfida. «C'è dentro un po' di tutto, non è facile. Comunque mi sembra una tipa che ama i grandi scrittori classici, tipo Dostoevskij, Nabokov, Goethe, Sartre, Dickens. Mi dà l'idea di una ragazza molto colta, dai generi letterari raffinati, probabilmente di sinistra, anche se non schierata e piuttosto critica verso il sistema. Per questo, aggiungerei anche qualcosa di Che Guevara e, se proprio dovessi far colpo, le *Lettere dal carcere* di Gramsci.»

«E tu hai letto tutta questa roba?»

«Sì.»

Riformulo il mio giudizio sul trauma della cicogna e riconsidero che forse quello col trauma infantile sono io, che nella vita ho scelto di correre in mutande dietro a un pallone.

«Allora aggiungi a quell'elenco anche qualcosa di questi autori che mi hai suggerito. Io vado a fare quattro passi.»

«Devo fare un pacco regalo?»

«No, non c'è bisogno. Puoi riempirmi uno scatolone.»

Approfitto della bella giornata per andare a godermi un po' di sole su una panchina dei Giardini Reali, che sono proprio a due passi dalla libreria e, soprattutto, dal dipartimento di Filosofia dove adesso lavora Greta. Da quando è andata via di casa ci siamo rivisti soltanto una volta, quando è venuta a riprendersi le sue cose. So come va la sua vita, così come lei sa della mia, perché abbiamo più di un amico in comune che ci informa sulle rispettive vite. Non ho neanche mai visto il tipo per cui mi ha lasciato e sinceramente manco m'interessa. Dicono sia il classico intellettuale con tanto di occhialini e barba incolta.

Torno a riconsiderare che ragiono per modelli. Mi faccio pena, e ancor di più perché ogni volta che passo da queste parti spero sempre di incontrarla; ma non è mai successo, nemmeno in quei posti a cui eravamo più affezionati. È probabile che ci sia una parte di me che a livello inconscio non abbia ancora digerito l'abbandono e che rivedendola voglia semplicemente farla sentire in colpa. O forse è la mancanza di una spiegazione plausibile che ancora un po' mi tormenta. *Mi sono innamorata di un altro*, non è e non può essere una ragione valida quando la tua vita di coppia è serena, non ti sfiora nemmeno il pensiero che la tua compagna stia pensando a un'altra persona e soprattutto quando fate l'amore lei gode, o fa finta, sotto le tue mani.

Nell'appartamento dove ho vissuto i miei giorni felici con Greta adesso abitano delle studentesse universitarie. Così mi racconta Filomena, la portiera del condominio, una signora siciliana tanto cara che sono passato a salutare e che mi ha offerto un caffè e dei dolcetti fatti in casa.

Quando torno in libreria trovo il ragazzo che sta finendo di sistemare gli ultimi volumi in una scatola ormai stracolma. Con centosessanta euro ho fatto un pieno di libri usati che mi daranno da leggere per i prossimi cinque anni. Al ragazzo lascio due banconote da cento, dicendogli di tenere pure il resto come mancia per la consulenza.

«Grazie, ma non c'è bisogno: ho venduto a te quello che in genere mi va via in una settimana!»

«Tienili pure, tranquillo. Solo un'ultima cosa... A questa amica credo che piaccia Klimt. Che consiglio mi daresti?»

«Non vorrai regalarle un quadro originale, spero...»

«Magari me lo potessi permettere... Ti spiego: come avrai capito si tratta di una ragazza un po' particolare... Non sto cercando di corteggiarla; voglio semplicemente farle cambiare opinione su di me. Quando giochi a calcio, uno dei rovesci della medaglia è che la gente pensa che tu sia una capra. Nella maggior parte dei casi sarà anche vero, ma mi piace pensare che io sia l'eccezione, diciamo la pecora nera.»

Lui sembra particolarmente colpito da queste mie parole. E dopo averci pensato un po' rovescia lo scatolone, spargendo sul pavimento i libri che ha appena finito di sistemare. Forse s'è incazzato per qualcosa che ho detto. «Dobbiamo cambiare strategia!» mi dice invece con una pacca sulla spalla.

«Si può sapere che ti prende?»

«Non sopporto i luoghi comuni, tutto qua. Pensa che quando mi siedo su una panchina al parco c'è gente che mi lascia l'elemosina.»

Sorrido sorpreso alla conferma della mia stupidità, firmata dal mio giudizio sui suoi piercing.

«Ma adesso veniamo a noi. Immagino che tu abbia visto questi autori a casa della tua amica, giusto?»

«Sì. E stasera viene a cena da me. Per questo ho bisogno di riempire gli scaffali con alcuni titoli a effetto che possano farmi fare bella figura...»

«Bravo, così poi se comincia a parlare di loro tu cosa le racconti?»

«Tento di baciarla?»

«Ascolta, questi sono tutti ottimi autori, per carità, ma tolti Pasolini e Calvino è tutta roba da femminucce. Così come Klimt... un pittore da Art Nouveau, un ornamentalista. Casomai di Klimt è interessante la vita. Sapevi che ha avuto almeno quattordici figli, tutti con donne diverse, e che era malato di sifilide?»

Ovviamente ne ero all'oscuro, ma non mi dà nemmeno il tempo di rispondere che prende il telefono per chiamare un amico.

«Ciao Tony. Puoi controllare se hai il film di Klimt in negozio? ... Sì, quello con Malkovich... Perfetto. Tra un po' ti mando una persona... Non ci crederai: ti ricordi Aldo Russo, l'ex attaccante del Toro... Sì, sono per lui, giuro, e segnali sul mio conto, mi raccomando.»

Subito dopo torna verso lo scaffale dei libri. «Oggi Klimt va parecchio di moda. Non c'è una donna tra i venticinque e trentacinque anni che non abbia un poster del *Bacio* appeso alla parete. In poche sanno, però, che Klimt era un puttaniere. Credimi: se vuoi fare bella figura con la tua amica, è meglio che tu conosca il pittore, piuttosto che le sue opere. Per quanto riguarda i libri mi devi dire a te cosa piace leggere, ammesso che ti piaccia.»

«Leggo molto, ma non sono letture impegnate...»

«A meno che tu non legga i libri della Harmony va bene tutto.»

«Be', credo di aver letto tutti i libri di Stephen King, e poi Grisham, Ken Follett.»

«Quindi preferisci il thriller?»

«Sì...»

«Ottimo. Allora hai solo bisogno di qualche classico di questo genere. Per esempio comincerei con Poe, ci metterei dentro qualche libro di Lovecraft, poi aggiungerei Patricia Highsmith. Ho soltanto *Il talento di Mr. Ripley*.»

«È lo stesso del film?»

«Sì, quello di Minghella. Però ti consiglio di leggere tutta la saga di Ripley: sono sicuro che ti piacerà. Poi ti metto qualcosa di Simenon, Chandler, Ellroy, Hammett e Burke. Credo che possa bastare.»

«E per quanto riguarda Klimt, che faccio?»

«Giusto, dimenticavo. Immagino che cerchi qualche stampa.»

«Ho appena cambiato casa, non ho ancora appeso un quadro.»

«Be', i quadri hanno il problema che si devono intonare con l'arredamento... Però, se non vuoi sbagliare, vai su un Modigliani. Ho un amico pittore che fa delle copie d'autore pazzesche che ingannerebbero persino un critico d'arte. Te lo chiamo subito...»

«Ehi, aspetta... Guarda che non ho molto da spendere. Non sono mica Del Piero!» Ma lui ha già fatto partire la chiamata.

«Luca, hai qualche Modigliani pronto?... Il *Grande nudo disteso* va benissimo. Nient'altro?... Vabbe'. Quello di Vettriano che stavi finendo la settimana scorsa?... Non l'hai già venduto, vero?... Ottimo! Senti che prezzo mi puoi fare se ti mando un carissimo amico a prenderli?... Aspetta un attimo.» Quindi si rivolge a me coprendo con una mano il microfono. «Non può venderli a meno di quattrocento euro l'uno. Ma posso contrattare ancora. Tu saresti disponibile a giocare qualche partita di calcetto con la nostra squadra?»

«Certamente.»

«Perfetto.»

In cambio di cinque partite in un torneo di calcetto con la squadra del libraio, mi sono portato a casa i due falsi d'autore. Faccio un rapido calcolo. Ottocento euro che avrei dovuto sborsare, divisi per cinque partite... Sorrido al mio ingaggio di centosessanta euro a partita. Dovrei portare i quadri a incorniciare, ma non ho tempo. La giornata sta correndo via veloce.

Appena torno a casa appoggio la scatola dei libri in soggiorno e vado in cucina per sistemare la spesa. Quasi mi prende un colpo. Trovo Gigi e il maresciallo Zecca seduti al tavolo ad aspettarmi.

«E voi che cazzo ci fate qui?»

«Dobbiamo parlare» risponde Gigi.

«Come siete entrati?»

Gigi e il maresciallo Zecca si scambiano un'occhiata. Come non detto.

«Ci sono delle novità su Giorgia» dice il maresciallo Zecca.

Ecco, ci siamo. Ho bisogno di mettermi seduto.

«Ieri sera ha chiamato mamma» dice Gigi. «Le ha detto che sta bene e che non si deve preoccupare...»

«Ha chiamato col suo cellulare» aggiunge Zecca. «La telefonata è partita dalla zona di Verbania.»

«A noi non risulta che abbia qualche amica da quelle parti. E a te?» mi chiede Gigi.

Scuoto la testa.

«Sto facendo una ricerca in tutti gli alberghi della zona. Sono sicuro che entro domani riuscirò a individuare l'albergo dove si nasconde.»

«E avete forzato la porta di casa per dirmi questo? Non potevate farmi una telefonata?»

«Secondo te cosa è andata a fare da quelle parti?» mi chiede Gigi.

«Stai scherzando, vero?»

«No.»

«E io che minchia ne so? Nella migliore delle ipotesi avrà voluto trascorrere qualche giorno sul lago Maggiore per chiarirsi le idee. Nella peggiore, si starà facendo scopare dal suo nuovo amante... A ogni modo, per me la faccenda si chiude qua. Tua sorella ha chiamato per dire che è viva e vegeta. Era questo che ti preoccupava, no? Adesso io me ne chiamo fuori.»

«Non possiamo abbandonarla così.»

«Ma, dico, ti sei dimenticato che è stata lei ad abbandonarmi?»

Gigi mi fissa duramente. Poi fa segno all'investigatore di andare via.

«E la prossima volta che forzate la serratura di casa mia vi denuncio entrambi!» gli grido dietro mentre Gigi sbatte la porta alle sue spalle. Rimango solo, con la netta sensazione che l'amicizia con Gigi si sia compromessa per sempre. E mentre preparo qualcosa da mangiare per Attila, ripenso a quando mi chiese di accompagnarlo a Gaeta.

19
Quando il cerchio si sta chiudendo

Gigi – che fin da piccolo preferiva la montagna al mare – era stato a casa della zia un paio di volte in tutta la sua vita e dall'ultima visita erano trascorsi molti anni. Per questo motivo, appena arrivati a Gaeta girò a vuoto un bel po' prima di arrendersi, accostare la macchina e chiamare la sorella per chiederle indicazioni più precise. Ma nemmeno così riuscì a imboccare la strada giusta. Quindi, visto che conoscevo Gaeta come le mie tasche, richiamò la sorella e me la passò. Io ormai ricordavo a stento il suo viso, figuriamoci se potevo riconoscere la voce.

«Sai dov'è via degli Olmi?» mi chiese lei senza nemmeno presentarsi.

Cos'era, uno scherzo? A via degli Olmi avevo consumato l'asfalto a furia di fare avanti e indietro col Mini Califfo, sperando di vedere proprio la ragazza con cui stavo parlando in quel preciso momento – anche se ancora non potevo saperlo.

«Sì, certo» risposi, con una strana sensazione addosso.

«Allora problema risolto. A tra poco.»

«Sì, a tra poco.»

Chiusi la telefonata un po' frastornato. Via degli Olmi!

«Tutto bene?» mi chiese Gigi. «Sembra che hai visto un cadavere...»

In effetti... «Sì, tutto bene. Prendi quella strada che sale a destra.»

Solo appena svoltato in via degli Olmi, Gigi riconobbe la strada tirando una maledizione alla zia per aver comprato quella casa in quel posto dimenticato da Dio. Io avevo il cuore in gola e un magone soffocante, le mani sudate come due spugne appena pescate, ma ancora mi ostinavo a non collegare il legame di parentela tra Gigi e Giorgia. Poi Gigi parcheggiò sotto la casa di Rossella Mariani e solo allora cominciai a capire qualcosa.

Mentre scaricavo il borsone dalla macchina, la sorella di Gigi era corsa ad abbracciare il fratello che la fagocitò tra le sue spalle enormi. Poi mollando la presa mi presentò: «Lui è Aldo, quel mio amico di cui ti ho parlato».

Giorgia si voltò di scatto verso di me, sorridente e con la mano tesa. Era proprio lei. Non riuscivo a crederci! Non era cambiata per niente. Era solo più donna e molto più bella di quanto ricordavo. E le erano anche cresciute parecchio le tette – vabbe', poi scoprii che non le erano proprio *cresciute*. Asciugai il più possibile il palmo sui jeans e le porsi timidamente la mano. Le stavo per dire che in realtà c'eravamo già conosciuti, quando lei mi precedette.

«Ma noi ci conosciamo?» mi chiese visibilmente sorpresa.

«Oddio, ora che ti guardo... Mi sembra di sì...» le dissi mentendo spudoratamente. «Non sei la cugina di Rossella?»

«Sì, Giorgia. Ti ricordi di me?»

E chi ti ha mai dimenticato! «Certo che mi ricordo!»

«Voi due vi conoscete?» s'era intromesso Gigi.

«Credo che ci siamo anche baciati, tanti anni fa» disse Giorgia. «O ricordo male?»

Ho ancora una cicatrice sulla nuca. «Sì, adesso che mi ci fai pensare, credo proprio di sì.» Ormai dovevo continuare la sceneggiata.

«Oh merda!» esclamò Gigi.
«Facevi il calciatore, giusto?»
«Lo faccio ancora.»
«Gioca nel Toro» disse Gigi con orgoglio.
Giorgia riprese a sorridere. Anzi, da quel momento non smise più.

Dopo cena c'eravamo seduti nella veranda che domina tutta Gaeta e per la prima volta Giorgia aveva raccontato i particolari dell'arresto di Silvano Bronzetti. Oltre me e Gigi c'erano anche gli zii di Giorgia e sua cugina Rossella, che aveva appena tolto dal freezer un ottimo limoncello. Nessuno le fece una domanda specifica, anzi, tutti si guardavano bene dall'affrontare l'argomento. In pratica, i Ros dei carabinieri erano venuti a bussare alla loro porta alle sei del mattino, esibendo un mandato d'arresto e uno di perquisizione. Prima che i militari lo portassero via in manette, lui le aveva detto di non preoccuparsi e di non credere a quello che avrebbero scritto i giornali. Giorgia sapeva che tutti quegli appalti vinti dalla società di Silvano erano frutto di mazzette elargite ai politici giusti, del resto lui stesso aveva sempre ammesso che il sistema era corrotto e che per ottenere quei lavori bisognava ungere. Quello che invece Giorgia non poteva immaginare era il modo in cui Silvano era riuscito a organizzare il suo impero. Dalle intercettazioni telefoniche che il giorno dopo l'arresto erano state pubblicate su tutti i giornali, era venuto fuori che il sistema messo in piedi da Silvano per corrompere i politici si reggeva non soltanto sui soldi, ma anche su un giro di donne e cocaina. Lo scandalo era scoppiato a causa di una ragazza andata in overdose nella suite di un prestigioso albergo in via Veneto a Roma, proprio mentre era in compagnia di un senatore. Le indagini avevano accertato che la ragazza faceva parte di un gruppo di escort che avevano come referente l'autista tuttofare di Silvano e da qui gli inquirenti avevano ricostruito tutto il sistema di spartizione degli appalti. Come se non bastasse, Silvano era stato intercettato mentre commentava con un deputato le prestazioni sessuali di una certa Minni, descritta come una *aspiracazzi* più potente del Folletto. Per ogni ragazza Silvano aveva trovato delle specializzazioni, diversificando così l'offerta da proporre ai suoi interlocutori da corrompere. La goccia che aveva fatto traboccare il vaso era stata un'intercettazione nella quale Silvano si vantava con un sottosegretario di essersi fatto tre brasiliane contemporaneamente.

Dopo aver letto i giornali, Giorgia aveva fatto le valigie ed era andata a casa della zia a Gaeta per la troppa vergogna di tornare a Torino dai genitori. Per questo aveva chiesto a Gigi di venire a prenderla per riportarla a casa. E questo era quanto le era successo.

«Adesso però ho voglia di un bel gelato. Chi mi accompagna?»

«Io sono troppo stanco» disse subito Gigi.

«Dai Gigi, non sono neanche le dieci e mezza ed è estate...» lo pregò Giorgia.

«Sì, ma ho guidato tutto il giorno.»

Giorgia guardò Rossella, che aveva fatto già segno di no con la testa. «Sarà anche estate, ma io non sono ancora in ferie e domani mattina mi devo svegliare alle sei» rispose la cugina, che s'era specializzata in ostetricia e lavorava in un ospedale di Latina.

«Be', allora accompagnami tu» disse rivolgendosi a me.

Io ero rimasto semplicemente senza parole.

«Queste sono le chiavi della macchina» sentenziò Gigi andandosene a letto.

Così arrivati in centro le comprai un cono fragola e limone, i gusti preferiti dai bambini. Mentre passeggiavamo sul lungomare, Giorgia disse che toccava a me raccontare qualcosa e io le parlai di quello che mi era appena successo con Greta. Nemmeno la mia era una bella storia, ma di sicuro meno traumatica della sua. Alla fine della nostra passeggiata arrivammo proprio davanti alla spiaggia libera dove da ragazzi andavamo sempre al mare.

«Se non sbaglio è da queste parti che ci siamo baciati...»

Io che conoscevo quell'angolo di spiaggia come le mie tasche, le feci segno di sì con la testa.

«E non siamo arrivati fino a qui per caso, vero?»

«Be', il caso ha già fatto abbastanza, mi pare...» risposi. Rimanemmo in silenzio ad ascoltare il rumore della risacca.

«Avevo scelto te perché eri il più carino di tutti e volevo fare ingelosire Silvano...»

Questa sì che era una notizia. «Davvero mi trovavi carino?»

«Sì. Piacevi a tutte le ragazzine. Solo che per me eri troppo piccolo... E se non ricordo male la tua cuginetta mi aveva detto che eri cotto di me!»

«Mah, forse le avevo detto che mi piacevi...» cercai di minimizzare. «Anche tu eri molto carina...»

Sorrise impercettibilmente. Quindi, con rinnovata sicurezza, le afferrai la mano trascinandola sulla spiaggia. Mi seguì senza opporre resistenza, sfilandosi le scarpe col tacco.

Nel cielo splendeva una più che perfetta luna piena, che ci consentiva di camminare nel buio. Arrivati all'angolo della spiaggia che confina con la scogliera, le indicai il punto esatto in cui c'eravamo baciati.

«Come fai a ricordarlo?»

«Perché quando mi hai spinto all'indietro ho sbattuto la testa contro questo scoglio. Ho ancora la cicatrice...» Visto che ancora non le avevo mollato la mano, le feci sentire il rigonfiamento di pelle lungo tre centimetri che ho sulla nuca. E già quel tocco con due dita mi consegnò a Venere.

«Oddio, mi dispiace.»

«Nell'impatto ho anche rischiato di tranciarmi la lingua tra i denti... Poi, dopo che mi hai infilato la lingua in bocca, hai sputato dicendo che sapevo di sangue!»

«Ma è terribile! Questo non me lo ricordavo. Credo di aver bevuto un po' troppo quella sera.»

«Infatti tu sapevi di birra e di sigaretta.»

«Non dev'essere stato un granché come bacio...»

«No, infatti. Però ancora lo ricordo. Anche perché è stato il mio primo bacio con la lingua.»

Ora che le mie pupille si erano abituate alla luce fioca della luna potevo scorgere ogni minimo particolare del suo viso. Niente di più meraviglioso. Approfittai del suo silenzio per avvicinare le mie labbra alle sue e baciarla come sempre avevo sognato. Poi scivolammo dolcemente sulla sabbia, facendo attenzione a non sbattere la testa contro nessuno scoglio appuntito, e restammo a baciarci per quasi mezzora, come due quindicenni a cui si arrossano le labbra per il troppo sfregamento. Questa volta io non sapevo di sangue e lei aveva in bocca un sapore di fragola e limone. Il sapore della felicità.

20
Quando incrociamo i nostri destini

Gloria si presenta puntuale alle 19.30, con una busta del supermercato piena di spesa. È la prima volta che la vedo con un po' di trucco e dei vestiti da donna. È di una bellezza sconcertante. Le mostro la cucina e tutto quello di cui può aver bisogno per cucinare. Poi le scrivo il mio numero di telefono su un bigliettino e le dico di chiamarmi per qualsiasi necessità.

«Ma perché, devi uscire?» mi chiede lei sorpresa.

In realtà non c'è nessun motivo valido perché io esca di casa. Ma voglio che lei si metta a curiosare in giro in estrema libertà. «Starò via mezzora al massimo. Nel frattempo fai come se fossi a casa tua.»

«Guarda che se hai da fare possiamo fare un'altra sera, davvero...»

«Solo mezzora. Sarò di ritorno subito, tranquilla. Chiamami se hai bisogno, chiaro?»

Lei annuisce e io esco.

Visto che sono uscito e non ho granché da fare, ne approfitto per riportare il film in videoteca. Il tizio che la gestisce sembra un ragioniere che ha deciso di mollare il lavoro, l'esatto opposto del ragazzo della libreria. Anche lui, però, dà l'idea di conoscere tutti i film che ha sugli scaffali. Ha delle orecchie spropositate rispetto alla dimensione della testa, tipo un licaone.

«Allora, t'è piaciuto?» mi chiede riponendo il dvd nella custodia originale.

«Credo di essermi addormentato dopo dieci minuti...» L'ho visto subito dopo pranzo, in piena digestione in corso.

«Sì, è un film davvero di merda. Strano che Pippo te l'abbia consigliato.»

«Avevo solo bisogno di sapere qualcosa su Klimt.»

«Spero ti sia stato utile...»

«Ho capito soltanto che era parecchio fuori di testa.»

«Come tutti i pittori dell'epoca... Erano venerati come delle rockstar e finivano tutti col soffrire di deliri di onnipotenza. Oggi invece i pittori non se li caga più nessuno. Senti, ma è vero che giocherai con noi le prossime partite di calcetto?»

«Sì, ma non sono abituato a fare figure di merda, quindi mi raccomando...»

Torno a casa esattamente mezzora dopo, proprio come promesso. Già sulle scale sento un odore di ragù che mi suona familiare. Gloria ha fatto davvero come se fosse a casa sua, accendendo lo stereo e mettendo il cd dei Pink Floyd a farle compagnia. Per questo non sente quando apro la porta e mi affaccio in cucina. Devo aspettare quasi cinque minuti prima che si accorga che sono alle sue spalle a guardarla mentre cucina. Grida per lo spavento, poi mi tira il primo straccio che trova sotto mano.

«Accidenti a te! Mi hai fatto prendere un colpo! Da quanto tempo sei lì?»

«Più o meno da quando parlavi da sola...»

«Scemo. Non ho l'abitudine di parlare da sola. Al massimo parlo con Attila... Quel disgraziato ancora non si fa vedere. Secondo me è andato a nascondersi per morire in santa pace. Meglio così, perché non sopporterei di trovarlo stecchito da qualche parte.»

«Tranquilla, non è morto. Prima di salire l'ho visto che attraversava il cortile. Solo che non s'è fatto prendere.»

«Dici davvero? Sei sicuro che fosse proprio Attila?»

«Io qua in giro non ho visto altri gatti neri... Ho provato anche a prenderlo, ma è scappato via.»

«Ti scoccia se faccio un giro per cercarlo? Tanto dobbiamo aspettare che l'acqua cominci a bollire...»

«Certo che no. Vai pure. Nel frattempo io preparo un aperitivo.»

In realtà corro il rischio che possa sentirlo miagolare nel garage, ma in quel caso posso sempre dire che è entrato di sua iniziativa.

Dopo aver tolto dal frigo la bottiglia del miglior prosecco che ho trovato in enoteca, preparo due tartine con paté di olive e fiocchi di latte. Quindi cerco nell'iPhone una playlist musicale di qualche cantante abbastanza raffinato, per evitare di cadere nel banale. Scelgo le CocoRosie, un duo americano di musica indie praticamente sconosciuto, anche a me. Poi mi affaccio alla finestra che dà sul cortile, dove Gloria cerca Attila in ogni angolo, guardando pure sopra gli alberi e sotto le macchine parcheggiate. La vedo che chiede informazioni a un vicino, prima di arrendersi e tornare a occuparsi della cena che ha lasciato sui fornelli.

Appena rientra le porgo il calice di prosecco e brindo al suo nuovo appartamento. Dopo qualche sorso Gloria sembra finalmente smettere di pensare al gatto. Infatti all'improvviso mi dice: «Senti: sono single da un anno, giorno più, giorno meno, e non sono la tipa in cerca di una scopata. Quindi evita di aprirmi la porta senza maglietta...».

«E tu evita di venire a bussare a degli orari improbabili» le dico dopo che ho smesso di ridere. «In realtà mi davi l'idea di una ragazza più attenta al cervello che ai pettorali.»

«Be', quando stai un anno senza vedere un uomo ti assicuro che fai poca attenzione a quello che dice o a cosa pensa.»

«Un anno? Non posso credere che una ragazza bella come te rimanga un anno da sola.»

«È stata una scelta.»

«Hai fatto voto di castità?»

Gloria evita di rispondermi e rovescia la pasta nell'acqua bollente. Subito dopo aggiunge il sale e dà una mescolata al ragù che cuoce a fuoco lento. «Chi sono questi che suonano?» mi chiede poi cambiando discorso e cercando di ritrovare il buonumore di prima.

«Le CocoRosie. Le conosci?»

Lei rimane ad ascoltare in silenzio la musica, facendo segno di no con la testa. «Mi piace la musica indie» dice infine.

Lo immaginavo. «Sono due ragazze americane.»

«Sembrano molto brave. Hai comprato da poco quei quadri?» dice indicando le tele appoggiate per terra.

«Sì. Stamattina. Ancora però non so dove appenderli.»

«Sono bellissimi, puoi metterli ovunque. Chi li ha fatti?»

«Un ragazzo con cui gioco a calcetto.»

«Giochi a calcetto con un pittore?»

«Sì. In squadra abbiamo anche un letterato, un critico cinematografico e un archeologo. Quei due quadri equivalgono al mio ingaggio per cinque partite in un torneo estivo.»

«Be', mi sembrano un bel compenso. Soprattutto il Modigliani è davvero notevole.»

«Davvero ti piace?»

«Scherzi? Ho visto la tela originale al museo d'arte moderna di New York.»

«Sono convinto che se Modigliani ti avesse incontrato, avrebbe fatto follie per dipingere il tuo viso: sembri uscita dalla Belle Époque.»

«Questo non me l'avevano ancora detto...»

«Quale altro pittore ti piace?»

«Adoro Klimt. Lo conosci?»

Storco il naso e cerco di fare mia la critica del libraio. «Troppo sfarzoso per i miei gusti. Lo trovo un ornamentalista.»

«Un che?» dice lei scandalizzata.

«Un ornamentalista» continuo serio, come se masticassi arte dalla mattina alla sera. «Uno buono per abbellire le stanze degli alberghi.»

«Ma che dici? I suoi quadri sono dei capolavori assoluti.»

«Be', l'arte è bella perché è soggettiva...» adesso cito il libraio paro paro.

«Ma hai visto l'espressione di beatitudine della donna nel suo *Bacio*? Non c'è niente che rappresenti meglio l'amore di quel dipinto!»

«Be', allora è strano che a realizzarlo sia stato proprio Klimt...»

«Che vuoi dire?»

«Ma dai. Klimt era un egocentrico narcisista da far impallidire Marilyn Manson... Ha avuto almeno quattordici figli tutti con donne diverse e non si è mai occupato di nessuno di loro.»

Gloria non sa cosa controbattere. Spero che il libraio non mi abbia raccontato fesserie, perché la ragazza ha tutta l'intenzione di andare a controllare su Wikipedia se quello che ho appena detto corrisponde al vero. «E comunque non si deve giudicare l'artista per la vita che ha fatto... Del resto nemmeno Modigliani era un santo!»

«Sì, però ha amato così tanto una donna che lei s'è buttata dalla finestra quando lui è morto.» Questo lo so di mio perché ho visto il film *I colori dell'anima* quando è uscito al cinema.

Lei mi guarda visibilmente sorpresa. Non si aspettava che fossi così preparato. E nemmeno io, se è per questo. «Devo scolare la pasta» dice infine.

Per cena Gloria ha preparato paccheri di Gragnano al ragù e una parmigiana di melanzane da sturbo. Io ho aperto una bottiglia di amarone che già al secondo bicchiere potrebbe stendere un cavallo. Invece Gloria dimostra di reggere il vino più di me, che comunque mi devo contenere perché sono alla vigilia della finale scudetto e dopo lo sciagurato spareggio col Perugia non ho nessuna intenzione di perderne un altro. L'amarone però le scioglie la lingua.

«Nell'ultimo anno non ho fatto voto di castità» mi dice lei tornando di sua iniziativa sull'argomento. «Ho dovuto assistere mio padre che si è ammalato di cancro.»

«Mi dispiace.»

«È morto tre mesi fa. Abbiamo fatto il possibile per salvarlo, vendendo persino casa per portarlo negli Stati Uniti, ma non è servito a niente. Prima di morire ha chiesto di essere seppellito a Piedimonte Matese, il paese d'origine dei miei genitori, e mia madre, non avendo più casa a Torino, ha preferito tornare giù per stare più vicino a mia nonna e al cimitero dove hanno seppellito papà.»

La fisso senza dire niente. Gloria finisce gli ultimi paccheri che le sono rimasti nel piatto. Poi mi sorride. «Non ti volevo intristire...»

«Non mi hai intristito. Tutti noi siamo figli di una storia triste.»

«Già. A quanto pare neanche tu te la passi bene...»

«In effetti... Stasera non avresti dovuto esserci tu qui con me.»

Restiamo in silenzio. Gloria sorseggia un altro po' di amarone. «Questo vino è buonissimo» dice per cambiare discorso.

«È uno dei miei preferiti.»

«Però lo stai facendo bere soltanto a me. Hai intenzione di farmi ubriacare?»

«Ti farei volentieri compagnia, ma domani devo giocare e non posso presentarmi in campo vedendo due palloni. Senza considerare che nell'ultimo periodo non mi sono allenato molto... Se poi aggiungo il vino corro il rischio di non arrivare nemmeno alla fine del primo tempo.»

«Allora vado a prendere la parmigiana.»

«Aspetta, ti do una mano?» Faccio per alzarmi spingendo in malo modo la sedia che provoca uno stridore terribile.

Gloria fa una piccola smorfia di fastidio. «No. Sei mio ospite, ricordi?»

Mentre lei scompare in cucina, alzo gli occhi al cielo per la delicatezza da ippopotamo e ne approfitto per cambiare musica. Scelgo l'album *Rue des Cascades* di Yann Tiersen. Giorgia torna con una teglia fumante di parmigiana e un sorriso nuovo di zecca.

«Sembra la musica di Amélie.»

«Sì, è proprio quella.»

«Adesso tocca a te raccontarmi la tua storia più brutta.»

«Da quale comincio?»

«Da quella che ti ha fatto più soffrire.»

«Be', ne ho due a pari merito...»

«E allora raccontale tutte e due.»

«Poi però passiamo alle barzellette?»

«Promesso; ne conosco una bellissima.»

«Vado in ordine temporale e comincio dall'inizio. Prima però assaggio la tua parmigiana.»

Che è buonissima e le faccio i complimenti. Solo dopo che ho finito il piatto, e da cafone quale sono faccio la scarpetta che non c'è bisogno più di lavare il piatto, comincio a riassumerle brevemente la mia storia calcistica, fino al mio arrivo al Torino e i primi due anni travagliati.

«Non sei stato granché fortunato, direi. E poi com'è andata a finire?»

«Purtroppo non bene... Anche se il terzo anno al Toro sembrava cominciato sotto i migliori auspici e la mia carriera da professionista era arrivata finalmente a un punto determinante: in caso di promozione in serie A col Toro, infatti, avrei potuto giocarmi le mie carte nel calcio che conta.»

«E invece?»

«Il destino ha sempre più fantasia di noi. La mia carriera è finita proprio dove ha avuto inizio. A Napoli, in quello stadio San Paolo che mi aveva visto esordire in serie A. Era il 6 dicembre 1998. Si giocava Napoli-Torino, tredicesima giornata di campionato. In tribuna avevo invitato tutta la mia famiglia, fino al terzo grado di parentela. Nel mio piccolo si trattava di una rivincita personale contro la squadra che mi aveva fatto crescere, ma che poi non aveva creduto in me. Infatti la stagione precedente il tanto blasonato Napoli era retrocesso miseramente in serie B, ed esattamente a otto anni di distanza le nostre strade s'incrociavano di nuovo. Attorno al ventesimo del secondo tempo, con il risultato inchiodato sullo zero a zero, su un rilancio altissimo del portiere salto per colpire di testa, contrastando l'intervento del difensore norvegese Nilsen che mi sbilancia proprio mentre sono in volo. Quando ricado i tendini del ginocchio destro decidono di mettersi in sciopero e l'articolazione fa una torsione completa su se stessa, lacerando tutti i legamenti.»

«Aio!»

«Non lo auguro a nessuno... Credo sia paragonabile al colpo di un'accetta che ti amputa una gamba. Ricordo che non ho provato nemmeno a rialzarmi, ma sono strisciato sull'erba gridando aiuto. Quando ho visto compagni e avversari con le mani tra i capelli, ho capito che l'infortunio era davvero molto grave. Alcuni si sbracciavano verso la panchina per sollecitare l'intervento del medico, qualcuno faceva segno al mister che dovevo essere sostituito subito. Soltanto dopo che sono stato caricato sulla barella ho trovato il coraggio di guardare in direzione della gamba, dove la rotula era finita giusto in mezzo alla coscia. Poi sono svenuto e mi sono svegliato direttamente sull'ambulanza.

«Quanti anni avevi?»

«Venticinque.»

«Cazzarola. E dopo che è successo?»

«È successo che mi hanno operato sette volte per ricostruirmi i legamenti. Ma quando ho potuto finalmente riprendere a correre avevo ormai ventinove anni e non sono riuscito più a trovare una squadra disposta a ingaggiarmi.»

«Non ci credo!»

«Per fortuna non mi sono mai confrontato con un lutto

grave come il tuo, ma neanche vedere morire le mie aspettative quando ero poco più che un ragazzo è stato semplice.»

Gloria si versa un altro bicchiere di vino. La bottiglia è ormai agli sgoccioli. «E qual è l'altra storia a pari merito?»

«Immagino che tu ne abbia un'idea...»

«C'entra qualcosa il matrimonio andato a monte?»

«Sì. Anche se adesso sono confuso.»

«In che senso?»

«Credo che in fondo sia stato un bene che Giorgia non si sia presentata all'altare.»

«Avevate litigato?»

«È un po' più complicato di così...»

«Mi piace come racconti. Vai avanti, ti ascolto. »

«Non saprei nemmeno da dove cominciare...»

«Magari dal primo bacio.»

«Quello non è stato molto romantico...» Mi verso anch'io un bicchiere di vino e finisco di travasare quel poco che rimane nel bicchiere di Gloria. Amarone finito. Poi le racconto tutta la mia storia con Giorgia, cominciando dal primo giorno che la vidi fino al nostro primo vero bacio sulla spiaggia.

«Il destino ha sempre più fantasia di noi» commenta lei.

Sorrido. «È la prima cosa che abbiamo pensato anche noi. Era una coincidenza troppo grande per non restarne affascinati entrambi. E non era nemmeno l'unica. Infatti, come ti ho raccontato, io ero stato appena lasciato da Greta, mentre a lei avevano arrestato l'uomo col quale conviveva. Sembrava davvero che il destino ci avesse fatto incontrare di nuovo proprio nel momento più difficile delle nostre vite.»

«E così lei ha lasciato Roma per tornare a Torino?»

«Sì. Dopo tre giorni di vacanza a Gaeta è tornata a casa con me e il fratello. Ovviamente a Gigi non abbiamo detto niente di quello che c'era stato tra noi. Siamo usciti clandestinamente per un altro mese, prima di ufficializzare la cosa.»

«Ho paura di come Gigi possa aver preso la notizia...»

«Mi ha detto soltanto: fai del male a mia sorella e ti spezzo tutte le ossa.»

Gloria fa un'altra smorfietta da prenderla con una mano e mettersela nel taschino della camicia.

«Dopo sei mesi che stavamo insieme mi sono rotto il ginocchio ed è cominciato il mio calvario. Ho vissuto quattro anni in bilico tra la speranza di riprendere a giocare e la possibilità che la mia carriera fosse finita. In tutto questo periodo, Giorgia mi è stata vicino come un angelo custode e non posso nemmeno immaginare come avrei potuto farcela senza di lei accanto. C'era lei a stringermi la mano quando mi risvegliavo dall'anestesia dopo ogni operazione. E c'era lei vicino quando mi hanno detto che non avrei potuto più dare un calcio a un pallone...»

«Però dopo hai ripreso a giocare, o sbaglio?»

«Sì, ma a sette anni di distanza dall'ultima operazione. Tanto ci hanno messo i legamenti di questo maledetto ginocchio a ritrovare la giusta solidità. Ho ripreso a giocare con il Chieri, una squadra di serie D allenata da Gigi. Il primo anno partecipavo solo agli allenamenti e giocavo qualche partitella. Poi, sentendo che il ginocchio non mi dava più fastidi, ho ripreso a giocare. Con il Chieri ho giocato gli ultimi tre anni e domani sarà la mia ultima partita.»

«E dopo che farai?»

«Non l'ho ancora deciso. Vivo un po' una crisi di rigetto nei confronti del calcio e vorrei provare a cambiare completamente. Ho cercato di lavorare nell'agenzia immobiliare di Gigi, ma non sono un bravo venditore. E non mi va nemmeno di investire i pochi soldi che ho da parte in un'attività commerciale, correndo il rischio di perdere tutto. Preferisco aspettare l'ispirazione giusta, piuttosto che lanciarmi in qualcosa che non mi appassiona.»

Gloria rimane in silenzio a riflettere su quanto ho appena detto.

«Immagino che a Giorgia questa cosa non andava bene...»

«È esattamente questo che ha messo in crisi la nostra relazione. Giorgia non è riuscita a sopportare che io non fossi più nessuno. E di conseguenza ha proiettato su di me il suo fallimento. Lei ha sempre vissuto di luce riflessa, fin da quando era ragazza. È successo con Silvano e si è ripetuto anche con me. Mi spiace dirlo, ma non avendo nessuna qualità o capacità particolare, Giorgia ha basato tutta la sua esistenza sull'essere la compagna di qualcuno che la facesse sentire importante. Fino a quando ero un calciatore o avevo anche solo la speranza di tornare a giocare, lei mi è stata vicino. Ma già dal giorno dopo la notizia che dovevo smettere di giocare, ha fatto il possibile per spingermi a trovare qualcosa che, fondamentalmente, le desse più prestigio.»

«Tipo lavorare col fratello?»

«Non proprio. Lei diceva che potevo cominciare con una piccola agenzia, ma che poi, sfruttando tutte le mie conoscenze, sarei potuto diventare un costruttore... Ma a me non importa affatto costruire case.»

«Perché ha accettato di sposarti, allora?»

«È stata lei a chiederlo, non io. Ed è stato più un ultimatum, a dire la verità. Dopo più di dieci anni di fidanzamento, aveva bisogno di certezze. E le voleva con il matrimonio, con una casa tutta nostra e con un mio lavoro adeguato allo status sociale che ha sempre sognato.»

«E tu non ti volevi sposare?»

«Non credo nel matrimonio, è solo un modo per litigare con più tranquillità. E poi non mi piaceva la deriva che stava prendendo la nostra relazione. Ma dovevo anche fare qualcosa per andare incontro alle richieste di Giorgia, visto che tergiversavo sul lavoro e sulla casa. Diciamo che andare in chiesa è stato un compromesso che ho dovuto accettare per salvare la nostra storia.»

«Ma Giorgia che lavoro fa?»

«Quando viveva a Roma ha lavorato come indossatrice. Per un periodo ha continuato a farlo anche qui a Torino, poi s'è dedicata all'organizzazione di eventi. Adesso lavora con una sua amica, hanno un'agenzia insieme.»

«E non ti ha spiegato perché ha cambiato idea e non si è presentata all'altare?»

«Mi ha lasciato un bigliettino con scritto che non ce la faceva e di non cercarla più.»

«E basta? Nessun'altra spiegazione?»

Scuoto la testa. «Nessuna. È sparita nel nulla, al punto che Gigi ha ingaggiato un investigatore privato per trovarla. A quanto pare sta sul lago Maggiore, probabilmente con un altro.»

«Come fai a dirlo?»

«L'investigatore ha rintracciato le sue ultime chiamate. Negli ultimi tempi si sentiva con una persona conosciuta da poco. E questo è quanto...»

Quando ho finito di raccontarle la mia storia, mancano venti minuti a mezzanotte. L'iPhone ha smesso di suonare già da qualche minuto. Gloria mi guarda come se mi vedesse solo adesso per la prima volta. O forse è solo l'effetto dell'amarone. Mi alzo per mettere altra musica. Scelgo *L'indispensabile* di Vinicio Capossela.

«Adesso tocca a te raccontarmi qualcosa.»

«Tipo?»

«Cosa fai nella vita, quanti anni hai, perché sei ancora single, cosa ti aspetti dal futuro...»

Lei ci pensa su continuando a sostenere il mio sguardo. «Per la terza domanda è meglio se lasciamo perdere... Ho trentatré anni e sono un architetto. Lavoro in uno studio insieme a due colleghe, tutte specializzate in bioarchitettura. Sono single perché il ragazzo con il quale convivevo fino a due anni fa è partito per un master a New York, e una volta finito il corso ha trovato un ottimo lavoro e ha deciso di restare a vivere là. Per un po' abbiamo provato a continuare a stare insieme comunque, ma poiché io non avevo nessuna intenzione di andare negli Stati Uniti e lui non aveva più nessuna intenzione di tornare in Italia, abbiamo deciso di comune accordo di lasciarci. Non è stata una decisione facile perché tra noi non c'erano problemi ed eravamo molto innamorati, ma è diventata una scelta inevitabile. Tra l'altro ci siamo lasciati proprio quando abbiamo portato mio padre negli Stati Uniti per l'ultimo disperato tentativo.

«Quando siamo tornati in Italia ci siamo appoggiati da una zia che abita a Nichelino. Poi, dopo la morte di papà, mia madre è tornata a vivere a Piedimonte, mentre a me non andava di continuare a restare ospite dalla zia. Così mi sono messa a cercare una casa in affitto dove ricominciare la mia vita. E questo è quanto anche per me.»

Rimaniamo a fissarci in silenzio, ascoltando Capossela che s'interroga su *Che cos'è l'amor?* Che abbia ragione lui a paragonarlo a un sasso nella scarpa. Gloria non sposta lo sguardo nemmeno di un centimetro. Ho una voglia smisurata di baciarla. Lei deve aver capito le mie intenzioni dalla larghezza delle mie pupille. Dilatate tanto quanto basta per inghiottirla intera in un solo sguardo. Si alza e si avvicina alla libreria.

«Ho visto che hai letto Sarvas» dice prendendo il libro in mano.

Lasciarla sola in casa è stato utile come immaginavo. C'è solo da sperare che non voglia discutere del romanzo perché non conosco nemmeno il titolo. Annuisco senza staccare gli occhi dai suoi.

«Ti è piaciuto?»

E adesso cosa le rispondo? Continuo ad annuire, mentre mi avvicino con l'intenzione di metterla spalle al muro e chiuderle la bocca con un bacio. «Molto» le dico, ma solo perché lei sembra entusiasta del libro.

Gloria torna a fissarmi di nuovo con quello sguardo carico di meraviglia. Io le sorrido. Me la sono cavata davvero bene. Sono molto soddisfatto di me. Adesso però dovrei baciarla o almeno è quello che lei si aspetta.

Dopo un'adolescenza arida di rapporti con l'altro sesso, superati i vent'anni ho avuto modo di recuperare terreno e di formarmi una discreta esperienza in materia. Una delle lezioni principali che ho imparato frequentando le donne è che se vuoi conquistarle davvero devi fare l'opposto di quello che loro si aspettano.

Così mi avvicino alle labbra di Gloria che sta già socchiudendo gli occhi e invece di baciarla le sussurro all'orecchio: «S'è fatto tardi... Domani devo giocare una partita importante...».

«Mi stai cacciando?» dice lei sorpresa.

Io annuisco senza smettere di sorridere.

Lei controlla l'ora. «In effetti tra pochi minuti è mezzanotte... Non è che ti trasformerai in una zucca?»

«Proprio così: mi scade l'incantesimo.»

«Mi spiace lasciarti la cucina in disordine...»

«Tranquilla, ci penserò domani io» le dico accompagnandola alla porta.

«Mi togli solo una curiosità?» mi chiede prima di salutarmi.

«Se posso...»

«Quando ti ho detto che mi chiamavo Gloria, perché hai detto che non avevi dubbi?»

«Diciamo che ho avuto come una premonizione...»

«Cioè?»

«Non è una cosa che ti posso raccontare in cinque minuti.»

Gloria non sembra convinta. «Vabbe', non insisto perché così avrai qualcos'altro da raccontarmi la prossima volta che ci vediamo. Però non è giusto.»

«Parleremo poi di quale sia il tuo metro di giustizia.»

«Sei proprio uno stronzo» mi dice scherzando. Quindi mi dà un rapido bacio sulle labbra prima di voltarsi e salire verso casa. Resisto per non sciupare quell'attimo di romanticismo, ma alla fine cedo e le guardo il culo fino a quando non scompare, e non sembra quello di un architetto.

Mentre sistemo i piatti nella lavastoviglie mi viene in mente che non le ho nemmeno chiesto il numero di telefono. Credo sia la prima volta dopo l'avvento della telefonia mobile che mi capita di non mandare un messaggio a una ragazza con cui sono appena stato a cena. Poi ripenso al bacio che mi ha dato andando via, ma non faccio nemmeno in tempo a fantasticarci sopra che sento un grido spaventoso venire dal suo appartamento.

Mi affaccio subito sul pianerottolo e vedo Gloria precipitarsi giù dalle scale terrorizzata come se avesse visto un fantasma. Indossa soltanto una mutandina e una T-shirt ed è scalza. Si avvinghia al mio braccio come una bambina spaventata a morte.

«Che succede?» le chiedo.

Ma lei è così sconvolta che non riesce nemmeno a parlare. La faccio entrare e chiudo la porta alle mie spalle. Devo usare la forza per staccarmela dal braccio e farla sedere sul divano.

«C'è qualcuno a casa tua?»

Lei annuisce.

Forse un ladro. Mi guardo attorno per cercare un corpo contundente per affrontarlo.

«C'è un topo» balbetta lei. Poi scoppia a piangere.

«Ah!» Le prendo un bicchiere d'acqua e la faccio bere sperando che si calmi. Trema ancora ma già un po' meno.

«Tranquilla, ci penso io.» Indossa una mutandina bianca con delle margherite di tutti i colori e non ha il reggiseno.

«Se c'è una cosa che odio sono proprio i topi...»

«Hai lasciato la porta aperta?»

«Credo di sì...»

«Adesso salgo da te e cerco di prenderlo. Tu mettiti comoda. Vuoi che ti accenda la tv?»

Lei mi fa segno di no con la testa. «Come hai intenzione di catturarlo?»

«Ho una trappola in garage» le dico per rassicurarla. In realtà se Mister Bean è uscito allo scoperto posso recuperarlo senza fatica.

«Davvero non ti fa paura?»

«È solo un topo. Che vuoi che mi faccia?»

«Come ha fatto a salire fino al terzo piano?»

Eh, sapessi... «I topi si arrampicano ovunque.»

«Io avevo visto delle cacche, ma speravo di sbagliarmi... Ma proprio adesso Attila doveva sparire?»

«Ti ho detto che ci penso io. Adesso vado.»

«Non ucciderlo, però!»

«No, tranquilla.»

Quindi le do un bacio sulla testa. Non posso far a meno di guardarle i capezzoli che spingono la canotta. Dopo un attimo di smarrimento, riesco a salire al piano di sopra.

Mister Bean è al centro della cucina che fruga in ogni angolo in cerca di cibo. Appena mi vede si solleva sulle zampette anteriori e mi corre incontro. Io lo raccolgo e dopo averlo coccolato un po' cerco qualcosa da dargli per cena. Nella credenza trovo un pacco di Grancereale, di cui è molto goloso. È finalmente arrivato il momento di portare Mister Bean in garage e restituire il gatto alla legittima proprietaria.

Non appena mi vede, Attila comincia a strusciarsi contro le mie caviglie convinto che sia andato a trovarlo per portargli da mangiare. È particolarmente concentrato su ciò che stringo in mano e devo stare ben attento a non farmi sfuggire Mister Bean se non voglio che diventi la sua cena. Dopo averlo chiuso nella sua gabbietta, sollevo Attila di peso e lo porto via con me.

Per mia fortuna il gatto si lascia trasportare senza opporre resistenza e ritorno a casa con il sorriso fiero del cavaliere vincitore. «Guarda guarda chi ho trovato nel cortile...»

Appena Gloria vede il gatto mi corre incontro e lo prende in braccio. «Oddio Attila! Gattaccio maledetto, ma dove ti eri cacciato?»

Gloria lo esamina con attenzione in primo luogo per essere sicura che si tratti proprio di Attila – a differenza dei cani, i gatti dello stesso colore non sono così facilmente riconoscibili neanche all'occhio esperto del padrone – e poi per controllare che non abbia ferite poiché è sempre convinta che sia caduto giù dal balcone. «È strano che si sia fatto prendere. In genere è molto diffidente...»

Non se lo ingozzi di petto di pollo di prima qualità...

«Forse avrà fame.»

«A casa ho le sue scatolette... Oddio, ma io ti sto facendo fare tardissimo e tu domani hai la finale... Mi spiace. Quanto credi che ci voglia per catturare il topo?»

Non posso certo dirle di averlo già sistemato. «Non lo so, magari salgo sopra e il topo è già entrato nella trappola.»

«Io comunque stasera non me la sento di dormire a casa. Mi puoi portare il cellulare che avviso mia zia che vado a dormire da lei? E avrei bisogno anche dei vestiti che ho lasciato in camera da letto. Mi spiace davvero tanto di tutto questo fastidio...»

Ovviamente come da copione...

«Se vuoi puoi dormire qui, nella stanza degli ospiti. Non mi sembra il caso di andare fino a Nichelino e disturbare tua zia in piena notte per un topolino.»

Lei sembra rifletterci su. «Sicuro che non è un disturbo?»

«Più che un disturbo saresti una tentazione, ma prometto di fare il bravo.»

«Lo so. Stasera sei stato semplicemente fantastico.»

Be', sì, grazie. «Anch'io sono stato bene. Allora ti fermi qui?»

«Ti dà fastidio se Attila rimane con me stanotte?»

«Perché dovrebbe darmi fastidio?» le dico prendendo il gatto in braccio e facendogli i grattini sotto al mento. Attila inizia a fare le fusa come se avesse ingoiato un motorino elettrico. «Mi piacciono molto gli animali, ma non ho mai potuto prenderne uno perché Giorgia era fobica e aveva l'ossessione dei batteri.»

«Che palle 'sta ragazza... Ma tu guarda Attila! Non ha mai fatto così con uno sconosciuto!»

«Vuol dire che gli sto simpatico...» le dico restituendole il gatto. «Se mi dici quello che ti serve, te lo vado a prendere.»

«Sì, mi servono lo spazzolino che è in bagno e il pigiama che è sotto il mio cuscino.»

«Perfetto. Volo, prendo e atterro da te.»

La situazione ha preso una piega inaspettata che non mi dispiace affatto. E nonostante Gloria e le sue mutandine mi inducano in una cupidigia enorme, mi riprometto di comportarmi da perfetto galantuomo.

21
Quando il treno è in dirittura d'arrivo

Da quando ha ripreso a viaggiare, il Frecciarossa ha divorato le rotaie macinando chilometri su chilometri, come se volesse recuperare il tempo perso per il guasto o forse per scrivere la parola fine al mio tedioso racconto. A questo punto della mia storia stiamo sfrecciando davanti alla stazione di Magenta, ormai prossimi alla periferia ovest di Milano. Il controllore guarda preoccupato l'orologio perché ha paura che io non riesca a finire in tempo la mia storia.

«Manca ancora molto alla fine? Tra dieci minuti siamo in stazione e ancora non mi hai raccontato come ti sei ferito e perché stai scappando in treno.»

«Allora cerco di fare in fretta.»

«Sì, ma senza saltare niente. Insomma, voglio sapere cosa è successo con Gloria quando ha dormito da te.»

«Non è successo niente. Le ho portato pigiama e spazzolino e le ho preparato il letto degli ospiti. Tra una cosa e l'altra siamo andati a letto alle due di notte.»

«Ai miei tempi se una ragazza si fermava a dormire a casa mia non avrebbe passato la notte indenne...» Lo dice facendo un sorriso da marpione.

Nemmeno ai miei tempi, se è per questo. Ma con Gloria è stato diverso. Lei mi è piaciuta fin dal primo sorriso e non volevo rischiare di rovinare la bella serata che avevamo trascorso insieme approfittando della situazione che si era venuta a creare per via del topo. Certo, se avessi saputo come sarebbero andate le cose il giorno dopo, col cavolo che l'avrei lasciata dormire.

Il controllore deve aver colto il mio rammarico: «Lo sai cosa diceva sempre mio padre? Ogni lasciata è persa, figlio mio... Parole sante!».

«È proprio vero!»

«Non dirmi che ti sei lasciato scappare quel bocconcino?»

«Proprio così...»

«Porc...! Dai, sbrigati a raccontarmi come sono andate le cose.»

22
Quando succede l'inevitabile

Il mattino dopo vengo buttato giù dal letto da Gigi, che quasi butta giù la porta di casa mia. Ormai sa che non rispondo più al citofono e aspetta che qualcuno esca dal condominio per venire a bussare direttamente alla porta. Dev'essere successo qualcosa di grave per presentarsi a quest'ora del mattino. Vado ad aprirgli solo perché non voglio che svegli anche Gloria, ma mi piazzo davanti alla porta in modo che lui non possa entrare.

«Che succede?»

«Perché non mi fai entrare?» mi chiede sospettoso.

«Non sono nemmeno le sette e mezza... È successo qualcosa di grave?»

«Fammi entrare e te lo dico.»

«Stanotte non sono stato bene e voglio tornare subito a dormire. Se non vuoi parlare significa che non è successo niente.»

Provo a chiudere la porta, ma lui la blocca con la spalla. «Devi venire con me.»

«Dove?»

«Il maresciallo Zecca ha trovato Giorgia.»

Sapevo che non avrebbe portato buone notizie. «Gigi, non me ne frega più un cazzo di tua sorella. Speravo l'avessi capito...»

«Non dire stronzate. Adesso ti vesti e vieni con me.»

«Scordatelo.»

Alle mie spalle sento la porta della camera degli ospiti che si apre. Immediatamente cerco di chiudere la porta in faccia a Gigi, ma lui è più veloce di me nell'infilare dentro un piede.

«Aldo, ti prego, cerca di ragionare...»

Più che ragionare, provo a spingere la porta con tutte le mie forze anche a costo di maciullargli il piede.

«Tutto bene?» chiede Gloria alle mie spalle, proprio nel momento meno opportuno.

«Chi ha parlato? Con chi sei?» urla Gigi, prima di dare una spallata alla porta che mi manda lungo disteso sul pavimento. Gloria grida per lo spavento quando si ritrova faccia a faccia con Gigi, forse scambiandolo per un ladro.

Gigi fissa minaccioso prima Gloria e poi me. «E lei chi cazzo è?»

A completare il quadretto famigliare ci si mette pure Attila, che fa capolino dalla porta.

«Non è come sembra... È un'amica...»

«Amica un paio di palle... Brutto stronzo figlio di puttana.»

Sembra indeciso se mollarmi un calcio nel costato oppure andarsene. Per fortuna sceglie l'ipotesi di maggior buonsenso. «Ma non finisce qua. Io e te facciamo i conti dopo la partita!»

Ah, ecco perché non mi ha colpito: non voleva fratturarmi le costole prima della finale di oggi pomeriggio. Carino da parte sua. Poi se ne va sbattendo la porta.

Gloria mi guarda sconvolta. Ha ancora le mani davanti alla bocca per lo spavento.

«È Gigi, il fratello di Giorgia» le spiego.

«Questo l'avevo capito. Ma a un certo punto ho avuto paura che ti uccidesse!»

«Probabilmente lo farà dopo la partita... Per il momento gli servo ancora intero.»

Provo a rialzarmi, nonostante il dolore pungente all'anca destra poiché la natica non ha ammortizzato bene la caduta.

«Mi spiace... È colpa mia... Non dovevo dormire qui.»

«No, tu non c'entri. È lui che non vuole capire che non m'importa più niente di sua sorella. Voleva che l'accompagnassi a riprenderla.»

«L'hanno ritrovata?»

«A quanto pare.»

Lei mi guarda senza dire niente. Nemmeno io ho granché da dire.

«Salgo da te per vedere se abbiamo catturato il topo» le dico andando verso la porta.

Esco di casa in pigiama con la netta sensazione che l'irruzione di Gigi abbia spezzato qualcosa e mi abbia riportato ferocemente con i piedi per terra.

Invece di salire al piano di sopra, vado direttamente in garage. Mister Bean sembra felice di vedermi e comincia a correre come un forsennato nella ruota del criceto. Gli ho portato mezzo würstel e appena glielo faccio cadere nella gabbietta smette di correre e comincia a mangiucchiarlo aiutandosi con le zampette anteriori. Rimarrei a guardarlo per ore mentre mangia.

Lo lascio chiuso nella gabbietta e torno a casa, dove Gloria mi sta aspettando con ansia.

«Allora?»

«Preso. L'ho liberato in campagna.»

Lei tira un sospiro di sollievo. «Non so come ringraziarti. Sei stato un tesoro. Davvero non so come avrei fatto senza di te.»

«Semplice: avresti chiamato una ditta di derattizzazioni. Adesso mi aspetto come minimo un invito a cena.»

«Il tempo di sistemarmi e sarai mio ospite.»

Quindi prende in braccio Attila e mi saluta con un bacio sulla guancia, uscendo per sempre dalla mia vita.

La convocazione per la finale è a mezzogiorno, nella hall di un albergo nel centro di Chieri, e per evitare di rimanere bloccato nel traffico esco di casa con un'ora e mezza di anticipo rispetto all'orario prefissato. Sul portoncino del condominio incrocio un ragazzo sui trent'anni mai visto prima, che approfitta subito del mio passaggio per entrare nel palazzo senza aver suonato al citofono di nessuno. In spalla porta una grossa sacca da viaggio, ideale per svaligiare un appartamento. In realtà ha la faccia e il fisico più da modello che da galeotto, ma il suo atteggiamento m'insospettisce comunque, per questo torno subito indietro e lo raggiungo al primo piano.

«Cerchi qualcuno?» gli chiedo appena il portone si chiude, pronto a prenderlo a cazzotti nel caso si tratti di un malintenzionato.

Lui mi guarda con insistenza, come se fossi proprio io la persona che sta cercando. «Ma io ti conosco... Cazzo, tu sei Aldo Russo, giusto?»

«Sì, in persona. Cercavi me?»

«No, in realtà cerco una ragazza che dovrebbe essersi trasferita qui da poco...»

Solo allora il mio occhio cade sulla sua maglietta bianca con la scritta: I ♥ NY. Fine del sogno!

«Si chiama Gloria... Volevo farle una sorpresa, perché è un po' che non ci sentiamo.»

«Sì, certo, abita al terzo piano.»

«È davvero un peccato quello che ti è successo alla gamba...»

«Cose che capitano...»

«Be', certo. Anche se sono della Juve, ti volevo dire che da sportivo mi è dispiaciuto.»

Già mi stavi sulle palle prima, figuriamoci adesso.

«Comunque Gloria abita al terzo piano» gli dico salutandolo con un cenno della mano.

«Grazie, sei stato gentilissimo» mi risponde tendendomi la mano. Gliela stringo e subito dopo sparisce sulle scale.

Lo seguo a distanza fino al secondo piano, poi rimango sul pianerottolo ad ascoltare. Sento il campanello e i passi veloci di Gloria che avanzano verso la porta, proprio sopra di me.

«Luca! Mio Dio! Ma che ci fai qui?» esclama lei quando apre la porta.

«Sorpresa!»

Una sorpresa soprattutto per me, se è per questo. Poi sento il rumore dei suoi baci.

Gloria chiude la porta e le loro voci si perdono. A me non rimane altro da fare che andare allo stadio con il morale sceso sotto la crosta terrestre.

Arrivo nell'albergo al centro di Chieri in perfetto orario e subito mi accorgo che sono tutti molto agitati. Nino, il dirigente accompagnatore della squadra, tira un sospiro di sollievo quando mi vede spuntare nella hall e mi viene subito incontro.

«Aldo, per fortuna sei arrivato! Sai che fine ha fatto Gigi?» mi chiede preoccupato.

«No, perché?»

«Ha chiamato per dire che ha un grave problema famigliare... Ha detto anche di cominciare senza di lui, poi ha staccato il cellulare.»

«Qual è il problema? Cominciamo senza di lui. Tu sei il suo vice; vuol dire che farai tu la formazione.»

Nino intuisce dal tono della mia risposta che non è il caso di chiedermi altro. Poi infilo le cuffie e mi sparo a palla gli Stereophonics perché ho bisogno di trovare la concentrazione in vista della partita, isolandomi completamente da quello che succede attorno.

Chi ha giocato a calcio o praticato qualsiasi altro sport ad alti livelli, sa benissimo quanto possa essere snervante l'attesa del fischio d'inizio. Se non si riescono a gestire bene le energie nervose si corre il rischio di arrivare in campo troppo carichi, con evidenti ripercussioni sulla prestazione. Quando poi ti giochi una finale – sia pure un play-off di serie D –, è la tua ultima partita della carriera, la ragazza che ti ha lasciato sull'altare sta per tornare a casa e quella con la quale stai cominciando a flirtare ha appena rivisto il suo ex, sfido pure il Dalai Lama a restare calmo!

Infatti per i primi dieci minuti della partita non azzecco un solo passaggio e vengo sistematicamente anticipato su ogni pallone. Nonostante tutto, i tifosi in curva non smettono di incitarmi e di cantare in coro il mio nome. E mentre penso che tutto questo mi mancherà da morire, vedo spuntare Gigi in panchina. Ci scambiamo solo un'occhiata torva per tutto il primo tempo, che si chiude a reti inviolate.

Prima che succedesse il patatrac, Giorgia veniva a vedere ogni partita che giocavo in casa. Occupava sempre lo stesso posto in tribuna, in modo che potessi sapere dove trovarla in mezzo alla gente quando le dedicavo un goal baciando l'anello che suggellava il nostro amore. Per questo mi viene quasi spontaneo sollevare lo sguardo verso gli spalti prima di imboccare il tunnel degli spogliatoi. E chissà per quale motivo, non rimango affatto sorpreso di vederla seduta al solito posto. Lei mi saluta con un cenno della mano, senza sorridere, con lo sguardo contrito che tanto bene conosco perché era il suo modo di chiedermi scusa senza dover ammettere di aver sbagliato.

Con la testa in un'altra galassia, nemmeno ascolto le disposizioni di Gigi. Stiamo soffrendo troppo a centrocampo. Non so fino a che punto le gambe reggeranno lo sforzo che richiede la nuova disposizione tattica. Infatti Gigi mi dice di dare tutto nei primi quindici minuti della ripresa perché ha intenzione di sostituirmi non appena avrò finito il fiato.

Faccio un respiro profondo e rientro in campo consapevole di giocare gli ultimi minuti della mia carriera e per questo mi lancio su ogni pallone come un ghepardo sulla sua ultima preda. Reggo dieci minuti, poi le gambe cominciano ad ammutinarsi. Gigi sembra accorgersi che sto andando in apnea e manda a scaldarsi un compagno della panchina. Avrei voluto segnare un goal, magari quello decisivo, ma non mi è capitata nessuna occasione buona. Posso solo aiutare la squadra combattendo alla morte. Come faccio anche quando per evitare una ripartenza su una palla persa a centrocampo, entro in scivolata per anticipare l'avversario. Peccato che anche lui abbia avuto la stessa identica idea. Essendo in netto anticipo, arrivo per primo sulla palla e la colpisco per mandarla oltre la linea laterale. Ma l'avversario ormai s'è lanciato in scivolata e non potendo più tirare indietro le gambe, finisce col venirmi addosso proprio come un treno!

Lo scontro è violentissimo e uno dei suoi tacchetti morde il mio pettorale squarciandomi la carne come un dente affilato di squalo. A causa dell'adrenalina in circolo per la botta tremenda, nemmeno mi accorgo della ferita. Poi vedo i miei compagni che si mettono le mani sui capelli e allora mi sembra di vivere un terribile déjà vu, con la differenza che questa volta le ginocchia sono al loro posto, mentre sotto la maglietta lacerata sembra che mi abbia accarezzato Edward Mani di Forbice.

«Mio Dio!» è la prima cosa che esclama il medico appena vede la ferita. Poi mi ordina subito di guardare dall'altra parte.

Ovviamente non lo faccio. Il pettorale è diviso in due da parte a parte, con le fibre che fuoriescono dalla carne viva come tanti vermicelli, mentre il sangue sgorga come acqua dalla sorgente. Mi sembra di essere il protagonista di una puntata del dottor House. Decido che è il caso di seguire il consiglio del medico e giro la testa dall'altra parte, proprio in direzione della tribuna. Il mio sguardo incrocia quello di Giorgia, che si trova in piedi con le mani davanti alla bocca. Ci guardiamo fino a quando la vista comincia ad appannarsi. Poi svengo.

23
Quando tutto si chiarisce. O quasi

Mi risveglio sul lettino del pronto soccorso, circondato da due chirurghi, tre infermiere e qualcuno che mi stringe forte la mano. Ho la testa leggera e le narici irritate dall'odore del disinfettante.

«Si sta svegliando» dice un'infermiera grossa quanto un capodoglio che incombe sopra la mia testa.

Il chirurgo che sta ricucendo il pettorale mi lancia un'occhiata frettolosa. «Come va?»

E come cazzo vuoi che vada? Ma non posso rispondergli perché ho la bocca impastata come se avessi mangiato un pugno di calce. Mi limito ad annuire per fargli capire che almeno non sento dolore.

A differenza della collega, l'infermiera che sta tamponando la ferita è magra come una deportata e ha la faccia affilata come quella di una gallina. «Senti male?» mi chiede. Anche la voce ricorda un coccodé.

Faccio segno di no con la testa.

L'ultima del Trio Lescano ha una mascella quadrata e una bocca così larga che la fa sembrare la versione umana di un alligatore. Ha una forbice in mano e il compito di tagliare il filo da sutura in eccesso. «Questa signorina ha chiesto di poterti stare vicino. Ci sono problemi?» mi dice spostandosi un metro alla sua destra.

Solo in quel momento vedo Giorgia seduta di fianco al

lettino. Ha gli occhi gonfi di pianto, ma prova comunque a sorridere per farmi coraggio stringendomi ancora più forte la mano.

In qualche modo faccio capire all'infermiera alligatore che non ci sono problemi. Poi torno a rivolgere lo sguardo al soffitto, incrociando il viso paffuto dell'infermiera capodoglio che mi sorride. Perdo di nuovo i sensi. O forse, più semplicemente, mi addormento.

Quando mi risveglio la seconda volta mi sembra di essere ancora nella stessa stanza, ma non ho riferimenti per esserne certo. Le uniche persone che sono rimaste sono l'infermiera gallina e Giorgia che ancora mi stringe la mano.

«Come stai?» mi chiede Giorgia, alzandosi dalla sedia e venendo a sedersi di lato alla lettiga.

È dal giorno prima del mancato matrimonio che non sento la sua voce. Lei mi carezza i capelli. «Mi brucia la ferita e comincio a sentire dolore» le rispondo con un filo di voce. «E tu come stai?»

Giorgia scrolla le spalle e si asciuga gli occhi. È sempre stata molto teatrale, soprattutto nei post-litigi dove aveva torto marcio. «Sono confusa» ammette tra i singhiozzi. «Ho sbagliato, Aldo. Ma ho capito che ti amo.»

Ah, sì? Bel modo di dimostrarlo. «Con chi sei stata?»

L'infermiera gallina smette di sistemare i ferri operatori e ci guarda con aria interrogativa. «Vi devo lasciare soli?»

«Magari...» le risponde Giorgia.

L'infermiera esce dalla stanza e chiude la porta.

Giorgia rimane in silenzio un bel po' prima di trovare il coraggio di cominciare a parlare. «Quindici giorni fa è venuto a trovarmi Silvano. Te lo ricordi, vero?»

E me lo chiedi pure?

«Ha cominciato a dirmi che non dovevo sposarti, che era lui l'uomo della mia vita, che stavo facendo uno sbaglio. Io ero già in crisi di mio, perché continuavamo a litigare... E perché tu non volevi prendere nessuna decisione sul futuro. Non volevi cominciare nessun lavoro, nemmeno quello in agenzia con Gigi...»

La fermo prima che riprenda a fare l'elenco delle mie colpe. «Sei scappata con lui?»

Giorgia fa subito segno di no con la testa. «Ho solo avuto paura di fare uno sbaglio... Per questo ho preferito staccare il telefono e scappare lontano da tutti per ritrovare me stessa.»

«Quindi non sei stata con lui?»

«No. Silvano ha insistito tanto perché tornassi a Roma con lui, ma io non ho accettato. Però la sua insistenza ha fatto traballare le mie certezze... Ho solo avuto bisogno di ritrovare me stessa.»

«E l'hai ritrovata?»

Giorgia fa segno di sì con la testa con una certa convinzione. «Aldo, io ti amo. Sei la persona più importante della mia vita. Mi spiace averti abbandonato proprio il giorno del matrimonio, ma non ce l'ho fatta. Ti chiedo perdono.»

«Giorgia, io non sono Dio...»

«Vuol dire che non mi perdoni?»

«Non è questo il punto...» Vorrei trovare le parole giuste per dirle che mentre lei era impegnata a ritrovare se stessa, negli stessi giorni io avevo già capito di non essere più innamorato di lei. Ma non riesco a parlare perché ho un'immagine nella testa che, come un chiodo fisso, annulla la mia lucidità mentale. È l'immagine di Gloria che mi sorride e di più, quella dei fiori stampati sulle sue mutandine.

«Ricordi la litigata per scegliere dove andare in viaggio di nozze?»

Come no. Io volevo fare gli Stati Uniti coast to coast, lei le Maldive. Inutile dire alla fine della discussione chi ne sia uscito sconfitto. Non potendo partire subito dopo le nozze proprio a causa dello spareggio giocato oggi, la prima disponibilità per il luxury resort scelto da Giorgia era tra dieci giorni.

«Potremmo sempre partire per le Maldive... Magari ci farebbe bene.»

Certo che ha proprio una bella faccia tosta.

«Pensaci» aggiunge subito dopo.

Ma l'unica cosa a cui penso veramente è al ragazzo di Gloria tornato dagli Stati Uniti. E questo pensiero mi fa cadere in uno stato di cupo vittimismo. Comincio a riflettere sul fatto che in amore non sono mai stato molto fortunato. Greta, Giorgia e adesso Gloria. Per non parlare di come mi sono andate le cose con il calcio. Vorrei soltanto avere la forza di ricominciare una nuova vita, se solo sapessi da dove iniziare.

«Sai quanti punti mi hanno messo?» chiedo per cercare di pensare ad altro. Il numero di punti è da sempre stato un'ottima unità di misura per valutare la gravità di una ferita.

«Più di cinquanta, tra quelli interni e quelli esterni. Così ha detto il chirurgo.»

«Però! Con cinquanta punti vinco il servizio di bicchieri?»

«Anche la cicatrice ha un suo fascino. Anzi...»

In effetti non ci avevo pensato.

«Non credo di poter fare granché alle Maldive con questa ferita...»

Giorgia coglie nelle mie parole una possibile apertura e subito cerca di ottenere quello che vuole: «Potresti fare il bagno fino alla vita ed evitare di immergerti completamente». Poi, dopo aver riempito gli occhi di lacrime, aggiunge: «Aldo, se mi ami davvero, ti prego con tutto il cuore di dimenticare quello che ho fatto. Possiamo ancora sposarci. Io e te da soli. Facciamo venire solo i nostri genitori e due testimoni. Basta. Nessun parente. Solo noi. Una cosa semplice semplice. Poi partiamo per il viaggio di nozze e quando torniamo iniziamo la nostra vita insieme così come l'abbiamo sempre sognata».

Ascolto Giorgia senza riuscire a replicare.

Lei parla sempre più convinta. «Ti ricordi ancora il nostro primo bacio? Quello vero, intendo, non quello dove ti ho spaccato la testa...»

Mi strappa un sorriso.

«In tutti questi giorni non ho fatto che pensare a quel bacio sulla spiaggia. È stata la cosa più romantica che abbia mai vissuto in tutta la mia vita. Ti prego, Aldo, ho avuto un attimo di debolezza. Non mi lasciare per questo...»

Adesso piange senza controllo. Riesce a parlare solo tra un singhiozzo e l'altro. «Sono sempre stata al tuo fianco. Sempre. Non buttare via tutto quello che c'è stato tra noi. Ti prego...»

L'infermiera gallina rientra nella stanza con molta discrezione. Giorgia fa il possibile per smettere di piangere, ma non ci riesce.

«Signorina, ho bisogno di finire il bendaggio» dice l'infermiera avvicinandosi alla lettiga.

Giorgia si alza, mi dà un bacio sulle labbra ed esce dalla stanza senza dire altro. E mentre l'infermiera avvolge il mio torace con un bendaggio bello stretto che immobilizza anche il braccio, all'improvviso mi sento davvero solo.

«Mi dovete tenere sotto osservazione?» chiedo all'infermiera.

«No, non ce n'è bisogno. Si tratta di un bel taglio, ma stanotte puoi dormire a casa. Devi solo tornare fra due giorni per cambiare la medicazione. L'unica premura è che non devi fare sforzi o cercare di muovere il braccio fino a quando i tessuti del muscolo non si saranno ricomposti.»

Bene, altro che Maldive...

Quando esco dal pronto soccorso trovo Nino e altri tre compagni di squadra ad aspettarmi. Sono passati a vedere come sto e riportarmi le cose che ho lasciato nell'armadietto dello spogliatoio, telefonino compreso.

«Com'è finita la partita?» è la prima cosa che chiedo al dirigente.

«Abbiamo perso ai rigori...» mi risponde sconsolato.

E sono due. Solo che questa volta non avrò più possibilità di rifarmi.

«Tu come stai?» mi chiede Carlo, il portiere della squadra.

«Passerà. Qualcuno di voi mi può riaccompagnare a casa?»

24

Quando devo prendere decisioni importanti

È mezzanotte e venti. Mi ritrovo sdraiato sul letto, con gli occhi gonfi di lacrime e la ferita che mi brucia come se avessi dei mozziconi di sigaretta accesi infilati sotto la pelle del petto. La casa è talmente silenziosa che sento Mister Bean correre da qualche parte nel soggiorno. Ho avvisato i miei genitori dell'incidente e domani mia madre prenderà il primo treno per Torino perché ha paura di viaggiare da sola in aereo, mentre papà non si può muovere da Napoli perché ha una visita specialistica dal cardiologo che aspetta da tre mesi e per fortuna non sono così grave da fargli perdere la prenotazione. Però mi ha assicurato che prenderà un aereo venerdì pomeriggio per venirmi a trovare. Per questo adesso non c'è nessuno qui con me che possa consolarmi e non credo di essermi mai sentito così solo in tutta la mia vita. Nemmeno il mio migliore amico mi ha fatto una telefonata per sapere come sto.

Dopo essere uscita dall'infermeria del pronto soccorso, Giorgia sembra di nuovo scomparsa nel nulla. Ovviamente non la chiamo, anche perché non saprei cosa dirle. Adesso che ho smesso per sempre di giocare e non ho più niente da fare, la vita mi sembra all'improvviso vuota e inutile. Mi chiedo persino che senso abbia rimanere ancora qui a Torino.

Forse dovrei vendere casa e tornarmene a Napoli, dove almeno avrei la mia famiglia vicino. Ma anche se decidessi di tornare nella mia città natale, dovrei sempre cominciare a lavorare perché non ho nessuna intenzione di fare il perdigiorno per il resto della vita. Forse Giorgia non aveva tutti i torti quando m'incoraggiava a trovare qualcosa da fare. Forse ho davvero sottovalutato questo passaggio cruciale e ho preferito perdere tempo giocando all'agente immobiliare con Gigi, nonostante fossi consapevole che non è quello che voglio fare nella vita.

Mentre sono divorato da questi dubbi esistenziali, sento Gloria che rientra nel suo appartamento in compagnia di qualcuno. Molto probabilmente il suo ex. Sento i loro passi sul pavimento e persino le voci, anche se non riesco a distinguere le parole. Ma sembra che si divertano. Dopo averli sentiti fare avanti e indietro per la casa, li sento camminare proprio sopra la mia testa, in camera da letto. Adesso qualche parola riesco persino a capirla.

La cosa peggiore che poteva capitarmi si sta avverando proprio nel momento meno opportuno. E se non c'è niente di più imbarazzante di sentire i tuoi vicini che scopano, diventa un vero incubo quando hai una cotta per uno dei due. Sento così nitidamente i loro gemiti che mi sembra di essere in camera con loro. Meglio cercare i tappi di cera nel comodino e provare a addormentarsi, sperando che l'antidolorifico lenisca anche quest'altra ferita.

La mattina dopo vengo svegliato dal citofono. Sono le nove e non credo di aver dormito di più di un paio d'ore. Ho avuto una notte piuttosto agitata per via del dolore, ma soprattutto per gli incubi. Al citofono c'è Giorgia, che vorrebbe salire. Le apro il portone e aspetto che salga.

Dopo aver smesso di piangere i suoi occhi sono tornati

bellissimi come quando l'ho conosciuta. Mi saluta con un bacio sulla guancia e mi porge una busta di carta. «Ti ho portato questi.»

Dentro ci sono due fagottini al miele ancora caldi. «Grazie. Non dovevi...»

«Hai già preso il caffè?»

Le faccio segno di no con la testa. «Mi sono appena svegliato... Devo ancora fare pipì.»

Quando esco dal bagno trovo il caffè sul tavolo e Giorgia perplessa davanti ai quadri che ancora devo appendere.

«Sono un regalo di nozze?»

«No. Li ho comprati io. Ti piacciono?»

«Mmm... A questa il pittore s'è scordato di farle gli occhi.»

«Giorgia, è un dipinto di Modigliani... E Modigliani non dipingeva quasi mai gli occhi delle donne che posavano per lui.»

«E perché?»

«Perché riteneva che gli occhi fossero lo specchio dell'anima e trovava impossibile riuscire a intrappolare l'essenza di una persona in una pennellata.»

Giorgia ci pensa su senza commentare. «Da quando sei diventato un critico d'arte?»

«Ho solo letto qualcosa qua e là... Insomma, ti piace o no?»

«Se devo essere sincera, no. Anzi, fa pure un po' impressione con questo sguardo vuoto...»

Gloria, maledizione, perché mi hai fatto questo?

Giorgia lascia perdere i quadri e viene a sedersi accanto a me. La sua voce mi riporta alla realtà. «Come hai passato la notte?»

«Male...» E non solo per il dolore al petto.

«Mi spiace tanto.»

«Vuoi un po' di fagottino?»

«No, grazie. Hai avuto modo di pensare a quello che ti ho detto ieri?»

«Al viaggio alle Maldive?»

Lei mi fa segno di no con la testa.

Okay, volevo solo prendere tempo. «Certo che ci ho pensato.»

«Quindi?»

«Credo che si possa fare.»

Nemmeno io riesco a credere a quello che ho appena detto.

Giorgia mi fissa incredula. «Davvero?»

«A patto che facciamo una cosa semplice e per pochi intimi.»

Quindi comincia a piangere e il trucco le si scioglie sul viso. «Dobbiamo andare a parlare subito con la chiesa...»

«Se ti va possiamo andarci anche adesso.»

Giorgia apre del tutto i rubinetti e corre ad abbracciarmi, anche se può stringermi solo da una parte. Ci baciamo, ma, non so perché, è un bacio che non sa di buono.

25

Quando il bello deve ancora venire

«Quindi è così che ti sei ferito?» mi chiede il controllore tenendo lo sguardo fisso sulla camicia insanguinata.

Io annuisco mentre bevo un sorso d'acqua perché a furia di parlare mi si è seccata la gola. Poi sbottono la camicia per fargli vedere il taglio, il controllore mi blocca, ma dopo aver sbirciato comunque. Come quando sei in autostrada e in lontananza vedi qualcosa sulla carreggiata, sai che potrebbe essere un cane o un gatto spappolato, ma la curiosità ti spinge fino ad averne la certezza e solo dopo volti il viso con un verso di orrore.

Nel frattempo abbiamo appena superato Rho, alle porte di Milano, e il treno ha cominciato a rallentare. Ormai manca davvero poco all'arrivo in stazione. «Credi di farcela a finire la storia?»

«A dire il vero il bello deve ancora venire... ma posso provare a eliminare i fronzoli.»

26
Quando il cerchio si chiude

La prima data disponibile per celebrare il matrimonio è sabato 6 giugno. Sapendo come sono andate le cose pochi giorni prima, il prete ci invita a rifletterci bene prima di prendere questa decisione. Ma siamo entrambi determinati e convinti a sposarci e lui non può far altro che segnare la data sull'agenda della parrocchia.

Dopo aver fissato la data delle nozze, vado a prendere mamma in stazione e quando vede Giorgia ancora un po' le viene un infarto. Dopo tutte le scuse e i chiarimenti del caso, le diciamo del matrimonio e tutto sommato la prende abbastanza bene, anche se, come il prete, pure lei ci invita a rifletterci meglio.

Rispetto al primo matrimonio, organizzare questa seconda cerimonia è una passeggiata di salute. Gli unici invitati sono i nostri genitori e i rispettivi testimoni – uno a testa –, mentre per il rinfresco abbiamo prenotato un tavolo per otto in un ristorante sul lungo Po. Tre giorni dopo il matrimonio è previsto il volo per le Maldive.

L'unica condizione che pongo a Giorgia per sposarmi è che il mio testimone deve continuare a essere Gigi, anche se lui si ostina a non volermi parlare. Da quando ha trovato Gloria a casa mia non abbiamo ancora avuto modo di chiarirci e non so se sia il caso di raccontare a Giorgia quello che è successo – che poi non è successo niente – oppure tacere, anche perché so che tanto Gigi non lo direbbe mai alla sorella. Alla fine sono sicuro che il suo orgoglio cederà, dopodiché troverò il modo di spiegargli come sono andate davvero le cose.

A proposito di Gloria. Nei giorni seguenti all'incidente non ho avuto modo di vederla e di poter parlare con lei. Quando la sento in casa è sempre in compagnia del suo ex e non mi sembra il caso di andare a bussare alla sua porta per dirle che mi sposo. Come del resto nemmeno lei ha avuto il riguardo di venirmi a dire che si è rimessa insieme al suo ex. Forse il fatto di non esserci scambiati i numeri di telefono non ci ha aiutati a comunicare.

Da quando Giorgia è tornata a casa l'unico che ci ha rimesso davvero è stato Mister Bean, costretto a vivere rintanato nel ripostiglio. Ora potrei anche discutere sull'opportunità di continuare a tenerlo, ma Giorgia ha una repulsione verso i topi così forte, che piuttosto di accarezzarlo si farebbe tagliare una mano. Ma dare in affidamento un topo non è una cosa semplice. Forse potrei regalarlo a qualche negozio di animali, se non fosse che i topolini come Mister Bean vengono venduti alle aziende farmaceutiche che li utilizzano nei test di laboratorio. E questo nella migliore delle ipotesi. Perché bisogna anche tener conto di quei minchioni con un boa o un pitone in casa che usano i topi per fargli fare uno spuntino. E la cosa è perfettamente legale.

Per questi motivi preferisco restituire a Mister Bean la libertà, sperando che possa cavarsela anche senza Nutella. Mentre guido verso Venaria Reale, Mister Bean passeggia sul cruscotto incuriosito dalla strada e dalla novità della gita fuori porta. Mi sento né più né meno come uno di quei bastardi che abbandonano un cane in mezzo alla strada, ma non posso davvero fare altrimenti. E nemmeno mi conforta sapere che il topo è un animale dotato di una straordinaria capacità di adattamento, visto che è diffuso in qualsiasi angolo del pianeta ed è capace di sopravvivere in qualsiasi condizione climatica.

Ho scelto di abbandonarlo – preferisco chiamare le cose con il loro nome – all'interno dei giardini della Reggia di Venaria perché è un luogo senza strade trafficate, dove non ci sono gatti, e con un bosco in grado di offrire a Mister Bean abbastanza cibo e riparo dai predatori. Si tratta comunque di un topolino di due anni e mezzo, piuttosto anziano se si considera che la prospettiva di vita dei topi domestici è al massimo di tre anni.

«Spero che tu riesca a sfangarla questi ultimi mesi e che possa morire di vecchiaia» dico a Mister Bean parlandogli come se fosse una persona. Lui non mi ascolta nemmeno, troppo impegnato ad annusare il tronco di una quercia.

Gli carezzo per l'ultima volta la testolina e mi rialzo. Mi guardo indietro solo dopo dieci passi e mi accorgo che Mister Bean mi sta seguendo mulinando le zampette. Mi fermo e lui si blocca.

«Cazzo, non fare così!» lo rimprovero prendendolo in mano e riportandolo in mezzo al bosco.

Questa volta seleziono dall'iPhone la registrazione della voce di Giorgia con la quale gli ho insegnato a nascondersi e gliela faccio ascoltare. Immediatamente Mister Bean trova rifugio dietro una pietra e io ne approfitto per correre via, nonostante mi abbiano proibito di fare sforzi per evitare che la ferita possa riaprirsi. Mi fermo soltanto quando arrivo al cancello del parco. E, quando mi volto, Mister Bean non c'è più.

Non so se si possa voler bene a un topo quanto a un cane o a un gatto, ma mio dolce amico, ho il cuore straziato dal dolore al pensiero di averti lasciato tutto solo in quel bosco pieno di pericoli. Sei stato un compagno di giochi eccezionale e credo che mi volessi davvero bene. Mi mancherai e credo di meritare i peggiori insulti per quello che ti ho fatto.

Il pomeriggio prima del matrimonio vado all'aeroporto di Caselle a prendere mio padre, che ancora non sa del matrimonio perché ho chiesto a mamma di non dirgli niente. Ma non per fargli una sorpresa; prima voglio essere sicuro che il suo cuore non abbia problemi. Soltanto quando mi assicura che la visita dal cardiologo è andata bene gli racconto di Giorgia e della decisione di sposarci. Lui non dice una parola. Rimane in silenzio a fissare la strada con lo sguardo perso nel vuoto. Per un attimo temo che, nonostante la visita, possa essergli venuto un coccolone.

«A me chella guagliona nun me piace!» dice all'improvviso in dialetto.

Papà non ha manifestato grandi simpatie per Giorgia dal primo istante, anche se non l'ha mai detto così chiaramente.

«Lo so...» gli rispondo. E non so cos'altro aggiungere.

«Se me lo dicevi prima mi portavo l'abito buono...» dice dopo un altro po' di chilometri.

«Vogliamo fare una cosa molto semplice. Soltanto noi, senza parenti.»

Mio padre annuisce perplesso. Non dice altro, ma del resto non è mai stato un tipo di molte parole.

La notte prima delle nozze Giorgia la trascorre a casa dei genitori. I miei li ho sistemati nella stanza che ha ospitato anche Gloria e, nonostante le porte chiuse, sento mio padre russare come un camionista polacco. Mi chiedo come faccia mia madre a chiudere occhio. Nell'appartamento sopra il mio, invece, il letto di Gloria cigola selvaggiamente per quasi un'ora. Nel petto ho il cuore che mi sanguina più della ferita.

Che grande delusione sei stata, cara Gloria. Non mi aspettavo certo che per una cena tu potessi sentirti legata a me, ma nemmeno essere scaricato senza una parola. Credevo di meritarla una spiegazione, perché quando mi hai salutato l'altra mattina, nei tuoi occhi c'era una promessa silenziosa. Che non hai mantenuto. Anche se soltanto per qualche ora, ho creduto di aver incontrato una persona davvero speciale che mi ha fatto capire il significato della parola affinità. Per la prima volta mi sono sentito a mio agio nel raccontare a un'altra persona tutti i miei segreti, anche quelli più nascosti. Forse perché non giudichi, perché quando ascolti lo fai con attenzione, perché nel tuo cuore c'è ancora tanto stupore. Adesso invece stai scopando come un'assatanata proprio sopra la mia testa, a mo' di sfregio. E io per sfregio mi sposo. Tanto mio nonno aveva ragione quando diceva che le donne sono tutte uguali e che bisogna solo scegliere la meno peggio. Inutile cercare altrove. Gloria, Giorgia, Greta, la sostanza non cambia, come la consonante che vi accomuna. Stronze. Poi finalmente mi addormento.

Sabato 6 giugno. Finalmente ci siamo. Anzi, ci *risiamo*. Sono le 11.55 e fa un caldo infernale. Anche se ancora non ho avuto modo di parlare con Gigi, sono fiducioso che verrà a prendermi con la macchina degli sposi per accompagnarmi in chiesa. Un'ora fa ho sentito Giorgia al cellulare e mi ha assicurato che il fratello sarebbe arrivato puntuale a prendermi. Peccato però che sia già in ritardo di venti minuti.

«Non capisco perché non andiamo in chiesa con la tua macchina...» borbotta agitato mio padre, sempre in ansia quando si tratta di rispettare gli orari.

«Papà, ho una Smart e in tre non c'entriamo...» gli faccio notare.

«E non possiamo prendere un taxi?» gli fa eco mia madre.

«Ho speso trecento euro per noleggiare la macchina degli sposi... Come minimo adesso mi vengono a prendere.»

«Tu dici che verrà?» mi chiede papà indicando l'orologio appeso alla parete. Segna le 11.58. «A quest'ora dovevamo già essere in chiesa...»

«Tanto senza Gigi non mi posso sposare. È lui il mio testimone.»

«Te la metto io una firma... Ma adesso chiama un taxi!»

«Il taxi non lo chiamo» insisto andando alla finestra per controllare la strada, dove ancora non si vede arrivare nessuno.

«È testardo come te» dice mio padre rimproverando mamma per avermi trasmesso il suo corredo genetico.

Nonostante in casa ci sia l'aria condizionata accesa, sto grondando sudore dentro l'abito da cerimonia. Mio padre, beato lui, indossa un pantalone di lino e una polo in tessuto tecnico, mentre mia madre ha voluto comunque comprare un abito per l'occasione. Mi rendo conto che devo essere ingrassato negli ultimi giorni, oppure si dev'essere ristretta la camicia, perché il colletto mi stringe le vene del collo in modo insopportabile. Comincio a diventare insofferente anche al portafoglio infilato nella tasca interna della giacca, perché mi sbatte giusto contro la ferita. E considerato che non ho spese imminenti da fare, chiedo a mamma di tenerlo nella borsetta. Poi vado alla finestra e rimango di vedetta fino a quando non vedo spuntare la Mercedes SSK bianca e infiocchettata guidata da Gigi.

«È arrivato. Fine delle discussioni!» annuncio andando verso la porta.

Papà spegne l'aria condizionata e prende le chiavi della Smart, perché anche l'SSK ha soltanto due posti – con Gigi che a causa della sua stazza li occupa quasi tutti e due.

«Mi raccomando al cambio automatico» gli dico scendendo le scale, prima di trovarmi faccia a faccia con Gloria che proprio in quel momento sta salendo verso casa.

«Ehi, che eleganza» mi fa lei sorridendomi con lo stesso sorriso della prima volta, come se niente fosse cambiato.

Mamma e papà rimangono in silenzio dietro di me, mentre io non so cosa dire.

«Sono i tuoi genitori?»

«Sì» balbetto imbarazzato. E faccio una rapidissima presentazione. «Lei è Gloria, una mia vicina di casa.»

«Scusa se sono sparita in questi giorni, ma ho lasciato casa a mio cugino che è venuto a trovarmi dagli Stati Uniti.»

«Tuo cugino?»

«È venuto con la sua ragazza, ma mia zia è una tipa all'antica, quindi ho preferito andare io da lei e lasciare la casa a loro. Sai com'è...»

Cazzo! Cazzo! E ancora cazzo! La mia faccia deve aver subito una mutazione genetica improvvisa, ma Gloria interpreta erroneamente la mia espressione.

«Oh mio Dio, no... Spero non abbiano fatto troppo casino.»

Dalla strada si sente il clacson suonato da Gigi. Solo allora mi ricordo che devo andare.

«Ma dove vai così elegante? Sembra che ti devi sposare...»

«Sì.»

«Cosa sì?»

«Mi devo sposare» dico con un filo di voce, senza riuscire a guardarla negli occhi.

«Stai scherzando, vero?»

«No. È tornata Giorgia e mi ha chiesto scusa e io...»

«E tu cosa?» esclama Gloria arrabbiata. Non mi aspettavo certo una reazione del genere. «Aldo, tu non ti puoi sposare!»

«Uh, Madonna bella del Carmine!» esclama mamma alle mie spalle, mentre Gigi adesso s'è attaccato al clacson.

«Guaglio' tu mi fai andare al manicomio prima del tempo» rincara la dose mio padre.

«Pensavo fosse il tuo ragazzo, non tuo cugino... Scusa, ma adesso devo proprio andare» le dico scappando via perché non sopporto più né il suo sguardo addosso, né i commenti dei miei genitori.

«Aldo non lo fare!» la sento gridare dalle scale, quando sono ormai arrivato al portone del condominio. Le sue parole mi rimangono nella testa come un'eco di montagna.

Per un momento sono tentato di tornare indietro e mandare tutto a monte. Invece una forza quasi indipendente dalla mia volontà mi spinge a salire in macchina. «Sei in ritardo» dico a Gigi dopo aver chiuso lo sportello. «Tua sorella sarà già arrivata in chiesa.»

«Vuol dire che aspetterà...»

Gigi attende che mio padre si accodi con la Smart prima di ingranare la prima.

«Ti ricordi quando Michele Capobianco mi ha chiesto di fare quell'appuntamento da parte sua per affittare l'appartamento del piano di sopra?»

Gigi annuisce e mentre andiamo verso la chiesa, gli racconto di Mister Bean, di Attila e il perché Gloria quella mattina stava a casa mia.

«E con questo?» dice lui come se della mia spiegazione gli importasse ben poco.

«Gigi mi hai tolto il saluto per questo! Ti rendi conto che mi hanno messo più punti nel pettorale di quanti ne abbiamo fatti in campionato e tu non sei nemmeno venuto a vedere come stavo...»

«Avevo da fare.»

«Ah sì? E cosa?»

«Per esempio capire bene quello che è successo a mia sorella...»

«Perché, tua sorella non te l'ha raccontato?»

«Sì, ma c'erano delle cose poco chiare.»

«Cosa c'è che non ti è chiaro?»

«Per esempio il ritorno così improvviso di Silvano...»

«E allora chiedi a lui perché è tornato, scusa.»

«No. Ho fatto di meglio. L'ho chiesto al maresciallo Zecca... Cos'è, non parli più?» mi dice passando davanti alla chiesa senza fermarsi.

«Gigi, guarda che abbiamo superato la chiesa...»

«Lo so benissimo. Ma ho bisogno di chiarire una cosa.»

Intanto qualcuno s'è accodato alla Smart guidata da mio padre e ha cominciato a strombazzare come in un vero corteo nuziale. Strano, visto che non ci sono invitati.

«Come ti dicevo, ho chiesto al maresciallo Zecca di continuare a indagare un po' ed è venuta fuori una cosa un po' strana... In particolare, il maresciallo è risalito ai tabulati telefonici di Silvano...»

Per fortuna mi squilla il cellulare. È mio padre dietro di noi che probabilmente non capisce perché non ci siamo fermati davanti alla chiesa. Ma non faccio in tempo a rispondere perché Gigi mi strappa di mano l'iPhone e lo fa volare fuori dalla macchina. Ancora un po' e centra in pieno la Smart.

«Ti ha dato di volta il cervello?» provo a protestare. «In quel telefono c'è tutta la mia vita!»

Per tutta risposta Gigi mi afferra per un orecchio e me lo strizza forte senza smettere di guidare. «Allora, cosa mi rispondi?»

«Stai forse insinuando che Silvano lo abbia chiamato io?»

«No, tranquillo. Il tuo cellulare non compare nell'elenco delle chiamate in entrata. Ma da qualche giorno prima che Silvano si facesse vivo da queste parti, nei tabulati è presente un numero nuovo... un numero che non aveva mai chiamato prima...»

«Non capisco dove vuoi andare a parare... Cazzo, Gigi, mi stai facendo male!»

«Tranquillo che ci arrivo subito. Perché, caso strano, acquisendo i tabulati anche di questo nuovo numero, risulta intestato a una certa Lucia Russo, nata a Napoli il tredici maggio del settantasette... Ti dice niente?»

Nemmeno gli rispondo, tanto quello che vuole sapere già lo sa.

«Strano che non ti dica niente questo nome, perché si dà il caso che sia tua cugina di primo grado. E si dà il caso che proprio negli stessi giorni voi due vi sentivate molto spesso... Allora, mi spieghi cosa avevi da dire a tua cugina di così importante da chiamarla anche due volte al giorno?»

Rimango in silenzio.

«Forse mandarla da Silvano e raccontarle che Giorgia si sta sposando, ma che non è felice e che qualcuno le ha detto che pensa ancora a lui?»

Invece di mollare la presa, Gigi mi stringe ancora di più il lobo dell'orecchio facendomi scendere una lacrima per il dolore.

«Adesso andiamo in chiesa e prima che il prete prenda la parola tu chiedi scusa a Giorgia e racconti a tutti la verità.»

Cazzo! Cazzo! E ancora cazzo!

«Se non lo fai giuro che ti stacco l'orecchio.»

Con questa minaccia ci fermiamo davanti alla chiesa, dove fuori c'è Giorgia in abito bianco che aspetta a non più di dieci metri di distanza. Mi sorride nonostante i venti minuti di ritardo. È splendida. Gigi mi lascia l'orecchio e mi consente di scendere dalla Mercedes SSK, continuando però a marcarmi stretto. Fuori dal portone della chiesa c'è pure il maresciallo Zecca – che di sicuro non ho invitato io – con le mani infilate nelle tasche e un'aria tronfia, che mi guarda con un sorriso beffardo sulle labbra. Mi verrebbe voglia di cacciargli anche l'unico occhio buono.

«Aldo, ti prego, non lo fare!» grida qualcuno alle mie spalle. Ecco chi è che suonava...

Tutti si voltano in direzione di Gloria. Per lo stupore a Gigi scivolano le chiavi della macchina. Sento il tintinnio metallico sul marciapiede. È un attimo. Senza pensarci due volte m'inchino a prenderle e sguscio via come un'anguilla bagnata dal tentativo di Gigi di bloccarmi. Con uno scatto accompagnato da una fitta lancinante al petto raggiungo la Mercedes SSK, salto dentro senza nemmeno aprire lo sportello e ingrano la marcia giusto un attimo prima che Gigi riesca a saltare a bordo. Lui prova comunque a inseguirmi, ma viene centrato in pieno da una minicar rossa. Freno e sto quasi per tornare indietro quando vedo dallo specchietto che Gigi si rialza senza problemi, mentre la minicar sembra uscita da un frontale con un autoarticolato. Fa scendere il quindicenne dalla minicar afferrandolo per la spropositata chioma afro-bionda, si mette alla guida e parte all'inseguimento, seguito a ruota dal maresciallo Zecca.

Mentre sono lanciato a tutta velocità su corso Orbassano, mi rendo conto che per lo sforzo di saltare dentro la macchina mi si è riaperta la ferita e ha cominciato a sanguinare. Di male in peggio. Senza contare che ho alle calcagna quella maledetta minicar che non molla di un centimetro.

Quando arrivo al semaforo con via Caprera sono costretto a rallentare perché è appena scattato il rosso. Ma come mi fermo sulla riga bianca dello stop, Gigi piomba sull'incrocio e scende come una furia dalla minicar, pronto a uccidermi. Riparto sgommando, svolto alla mia destra per non tagliare l'incrocio.

E poiché i guai non vengono mai da soli, giusto dietro l'angolo trovo una pattuglia dei carabinieri che sta facendo un posto di blocco. I due militari eccitati per aver beccato uno che non si è fermato al semaforo, mi sventolano immediatamente la paletta sotto al naso.

Chiaramente non mi fermo neppure all'alt.

Il resto è storia nota.

27

Quando arriva il momento della verità

Finisco il mio racconto proprio nel momento in cui il Frecciarossa affianca la banchina del binario d'arrivo nella stazione di Milano-Porta Garibaldi. Io e il controllore siamo gli unici rimasti seduti, mentre tutti gli altri passeggeri sono già in fila per scendere nonostante il treno non si sia ancora fermato.

«Perché l'hai fatto?» mi chiede il controllore raccogliendo il suo armamentario.

La verità è che ho avuto paura.

«A Giorgia non piaceva ciò che in realtà sono davvero e stava facendo di tutto per cambiarmi, e io ho solo avuto il coraggio di capirlo. Così come sto ancora cercando di capire. Chi ama non cerca di cambiare quello che ha, lo fa suo e basta. La mia paura era che Giorgia, se avesse incontrato un uomo realizzato e sicuro di sé, mi avrebbe lasciato all'istante così come già aveva fatto Greta. E poiché conoscevo il tipo di uomo per il quale Giorgia ha un debole, ho solo fatto in modo che le loro strade si incrociassero di nuovo.»

«In pratica l'hai messa alla prova...»

«È vero, ma solo quando non ho avuto più neppure le energie per respirare. E lei in parte ha confermato i miei timori... Poi la vita mi ha messo sulle scale Gloria, e grazie a lei ho capito che non potevo amare una persona che, in fondo, non mi stima per quello che sono, soprattutto nelle mie debolezze. Ma la luce che Gloria ha acceso s'è spenta all'improvviso quando ho creduto che si fosse rimessa insieme al suo ex tornato da New York. Ho pensato: eccone un'altra che dice una cosa e poi fa l'esatto contrario. E Giorgia almeno non mi aveva tradito, scegliendo comunque di tornare da me. E forse per questo avevo deciso di sposarla.»

Sul treno siamo rimasti soltanto io e il controllore, al quale non ho più niente da raccontare.

«Ha intenzione di chiamare la polizia?»

«No, tranquillo. Mi sembra che hai già abbastanza guai per conto tuo... Adesso che farai?»

«Cerco subito un pronto soccorso per farmi ricucire la ferita. E già che ci sono credo che mi farò fare anche una bella flebo di morfina. Per dormire un paio di anni. Poi forse se mi sveglio chiamerò qualcuno per farmi venire a prendere. Allora posso andare?»

Il controllore fa una smorfia che si fa agli imbecilli e il segno di muovermi con la testa. «Buona fortuna» mi dice tendendomi la mano. Ci salutiamo guardandoci negli occhi.

«Grazie» gli dico.

Quando provo a rialzarmi sento la testa che mi gira e il corpo leggero come se mi avessero pompato elio nelle vene. Reggendomi ai poggiatesta dei sedili raggiungo l'uscita e scendo dal treno.

Finalmente sono libero. L'orologio della stazione segna le 14.50 e fa un caldo da girone infernale. Oltre a rischiare di morire dissanguato mi trovo senza un euro e senza possibilità di poter chiamare qualcuno, poiché da quando hanno inventato i telefonini non ho più memorizzato nemmeno un numero, compreso quello dei miei genitori. Se avrò un figlio, il cellulare glielo compro quando fa quarant'anni. Ma prima di pensare a un figlio, è meglio che pensi a come salvare la pelle. Spero che ci sia un ospedale nei paraggi della stazione, perché mi si sta cominciando ad annebbiare la vista e inizio ad avere le allucinazioni.

Infatti mi sembra di vedere Giorgia in abito bianco alla fine del binario. Ha le mani sui fianchi e lo sguardo incazzato. Non credo sia un bel segno. Le vado comunque incontro, ma non la raggiungo. Il miraggio si dissolve davanti ai miei occhi, insieme al treno, alla stazione e al mondo reale.

Svengo.

Quando riapro gli occhi mi ritrovo sdraiato al sole, come in una calda giornata d'agosto. Manca soltanto il rumore del mare. Poi capisco che la fonte di luce non è il sole, bensì la lampada scialitica della sala operatoria. Un chirurgo assistito da due infermiere si sta occupando della mia ferita. È tutto così maledettamente familiare che per un attimo penso di trovarmi ancora al pronto soccorso di Chieri, subito dopo l'incidente di gioco. Solo che le infermiere sono diverse. Quella con la forbice in mano ha gli occhi sporgenti come un polpo, mentre quella alla mia sinistra ha il viso allungato come quello di un cavallo. Allora è proprio vero che la vita è una giungla, non che nella giungla ci siano i polpi e i cavalli, ma non è il momento di sottilizzare.

La prima ad accorgersi che ho riaperto gli occhi è l'infermiera cavallo. Mi sorride.

«Ciao Aldo. Come ti senti?»

Ma cosa fate, la stessa scuola di specializzazione per fare queste domande del cazzo? Come vuoi che stia?

«Sto una favola... Dove sono?»

«Al pronto soccorso del Fatebenefratelli di Milano» dice occhi di polpo.

Milano? Ah già, il treno... «Come sapete il mio nome?»

«Ce l'ha detto la tua ragazza che è fuori» dice faccia di cavallo spostandosi di lato.

Ma come diavolo ha fatto Giorgia ad arrivare fin qua? Mi volto terrorizzato a guardare verso l'oblò più che per guardare lei, per assicurarmi che non ci sia Gigi.

«Mio Dio!»

Mi volto e resto catatonico nel vedere il sorriso dolcissimo e meraviglioso di Gloria. Abbozzo un sorriso anche io, fino a quando l'infermiera cavallo accortasi dell'incrocio di sguardi si intenerisce e nitrendo permette a Gloria di entrare. Poi torna a piazzarsi davanti al mio campo visivo perché deve tamponare la ferita. Gloria mi prende la mano.

«Come hai fatto a raggiungermi?» le chiedo biascicando.

«Subito dopo che sei scappato sono salita in macchina anch'io e ho cercato di starvi dietro. Per un po' ci sono riuscita, ma vi ho perso perché andavate troppo veloci. Poi ho seguito la sirena dei carabinieri fino alla stazione. Quando sono arrivata stavano già portando via Gigi in manette.»

Il chirurgo e le infermiere continuano a ricucirmi senza badare troppo a noi.

«Sai cosa gli è successo?»

«L'investigatore privato, che era lì alla stazione, ha parlato al telefono con qualche pezzo grosso per sistemare tutta la faccenda con i carabinieri.»

Questa notizia non mi dispiace affatto. «Però non ho ancora capito come hai fatto a raggiungermi.»

«È bastato guardare il tabellone delle partenze... L'unico treno appena partito era il Frecciarossa per Milano, quindi non potevi che essere lì.»

«Sarà! Ma anche volendo non saresti mai potuta arrivare prima del treno...» Le infermiere terminano il bendaggio.

«Be', tu mi avevi raccontato che l'investigatore era un tipo molto in gamba, così l'ho supplicato di fare qualcosa per bloccare il treno per almeno un'ora. Ha detto che non sarebbe stato un problema, era solo una questione di cifra...»

«Sei arrivata proprio al momento giusto.»

«In effetti... Mi sei quasi svenuto in braccio.»

Intendevo dire che sei arrivata al momento giusto nella mia vita e che tutto quello che è accaduto forse non è stato per paura, ma solo per il bisogno di essere amati.

Ma tengo questo pensiero per me e mi rimetto a fissare la lampada sul soffitto, come se davvero mi stessi godendo una giornata di sole. Le stringo forte la mano.

Adesso mi sembra persino di sentire le onde del mare.

Mi manca il suo corpo.
Mi mancano i suoi pianti.
Mi manca il desiderio di avere affianco ciò che desidero.
Mi manca sentirmi indispensabile.
Mi manca amare come so fare io.
Mi mancano non le parole, ma le carezze.
Carezze di occhi, di labbra, di mani, di fianchi.

Forse proprio quando l'amore non basta.

Ringraziamenti

Ringrazio in primis Giorgio Amato, un grande amico e talentuoso scrittore che mi ha consigliato in questa mia nuova avventura di penna.

Ringrazio il mio editor Marco Garavaglia e Stella Boschetti per aver seguito il progetto con entusiasmo e praticità.

Un ringraziamento speciale a Lucilla De Rosa mia agente, consigliera e sopportatrice ufficiale del mio carattere.

Infine ringrazio il dottor Italo Piscicelli per il suo prezioso e certosino lavoro fatto di numeri, carte e diplomazia.

Indice

1. Quando sono costretto a scappare *7*
2. Quando la vita dipende da un cesso libero *14*
3. Quando tutto ebbe inizio *18*
4. Quando non so nemmeno da dove cominciare *26*
5. Quando le cose cominciarono ad andare male *30*
6. Quando raccolgo la mia vita col cucchiaino *35*
7. Quando il vento ha cominciato a girare... un pallone *42*
8. Quando c'è bisogno di cercare Giorgia *48*
9. Quando siamo bloccati in mezzo alle risaie *65*
10. Quando decido di aiutare il nemico *68*
11. Quando sognavo l'azzurro e invece il destino mi cambia colore *71*
12. Quando cominciano a galleggiare le prime verità *76*
13. Quando il treno riprende la corsa *88*
14. Quando faccio la conoscenza della mia nuova vicina *91*
15. Quando entra in campo il fattore GAS *100*
16. Quando comincio la mia carriera col Toro *117*
17. Quando il controllore si appassiona alla storia *120*
18. Quando devo affrontare Attila *122*
19. Quando il cerchio si sta chiudendo *134*
20. Quando incrociamo i nostri destini *140*
21. Quando il treno è in dirittura d'arrivo *160*

22. Quando succede l'inevitabile 162
23. Quando tutto si chiarisce. O quasi 170
24. Quando devo prendere decisioni importanti 176
25. Quando il bello deve ancora venire 180
26. Quando il cerchio si chiude 181
27. Quando arriva il momento della verità 193

Ringraziamenti 199

Finito di stampare nel settembre 2013
presso Elcograf S.p.A., Verona